云月精神

王鼎钧自选集

王鼎钧 著

商务印书馆
The Commercial Press

2019年·北京

祝福十方读友：
但愿人长久，
万里共文学。

目录

第一辑　吾思吾乡

吾乡 / 2

吾家 / 18

迷眼流金 / 36

中国在我墙上 / 44

土 / 49

乡心一片 / 71

白纸的传奇 / 81

第二辑　吾爱吾师

荆石老师千古 / 88

我的老师在金乡 / 104

一日是师，缘起不灭 / 108

小说女主角会见记 / 120

小说组的讲座们 / 129

师造化，法自然 / 143

第三辑　吾习吾文 /

流行歌曲怎样流行 / 156

体裁选择 / 169

要能博大要能高 / 187

亦师亦友谈模仿 / 195

写在《关山夺路》出版以后 / 211

第四辑　吾乐吾群

客至 / 222

外州作家访纽约 / 246

回忆录读者对话会综合笔记 / 249

我爱新书发表会 / 269

说好话 / 278

难忘的岁月,难忘的文章 / 297

今天我要笑 / 303

今天我要笑(第二篇)/ 308

第一辑 吾思吾乡

吾乡

一九四三，对日抗战期间，我在离家千里以外的地方读流亡中学。一天，教本国地理的姚蜀江先生讲完最后一课，合上书本，提出一个大家意想不到的问题：

"你们已经读完本国地理，你们对整个中国已经有清楚的认识。你们最喜欢哪座山哪条河？你们最喜欢哪一省哪一县？抗战胜利以后，你们希望在什么地方居住？"

当时，我举手发言，我说我仍然愿意住在自己的故乡。姚老师问我的故乡在哪里，我告诉他，在山东省临沂县的兰陵镇。姚老师想了一想，欣然点头："你们那个地方的确不错。"

从地图上看，山东像一匹骆驼从极西来到极东，卸下背上的太行山，伸长了脖子，痛饮渤海里的水。然后，它就永远停在那里。

这骆驼身上有两条黑线。一条线由肩到口，几乎是水平的，那就是胶济铁路；一条线由背至膝，越过前身，几乎是垂直的，那就是津浦铁路。这两条铁路夹住了绵亘三百里的山岭冈峦，地理书上称之为三角山地，写书的人把山东境内的津浦路看成"勾"，把胶济路看成"股"，把骆驼颔下的海岸线看成"弦"。

三角山地又分好几个山区，它的西南角叫沂蒙山区。沂河由此发源，向南部平原流去，到山势已尽，这出山泉水映带的第一个城市，就是临沂。

兰陵是临沂西南边境的一个大镇。兰陵北望，那些海拔一千多米的主峰都沉到地平线下，外围次要的山峰也只是地平线上稀薄透明的一抹。兰陵四面都是肥美的平原，东面到海，西面到河南，南面到淮河。清明踏青，或者农闲的日子探望亲戚，一路上眺望这么好的土壤，是一大享受。尤其是春末夏初麦熟的季节，原野放射着神奇的光芒，浴在那光芒里的人，自以为看见了人间的奇花异卉。唉，必须田里有庄稼，必须有成熟的庄稼，那大地才是锦绣大地。

兰陵附近仅有的一座山，名叫横山。我读小学的时候，全校师生集体远足，目的地就是横山。十一二岁的孩子征服了那山，可以想见那山是如何小巧玲珑。在我梦中，那里并没有山，太初，诸峰向三角山地集中，路经兰陵东郊，在相互拥挤中遗落了一座盆景。

兰陵出过很多名人。查记载中国古代名人年表的专书，找出汉代三人，晋代一人，前五代二十八人，隋唐十三人。其中三十九个人姓萧，占百分之八十七。

历史上还有一个南兰陵。南兰陵是晋室南渡以后在江苏武进附近所置，称为"侨置"。东晋侨置了南徐州、南兰陵、南琅琊，把北方的地名拿到南方来用，表示不忘故土。南宋也有"侨置"，欧洲移民到了美洲也有"侨置"，用意大致相同。南兰陵出了十八个名人，清一色姓萧，其中有南齐的开国皇帝萧道成，梁朝的皇帝萧衍。

由萧家的昌显，使人想起门第背景的作用，族人互相援引，"向阳花木易逢春"，可是唐代以后，不论南兰陵、北兰陵，都不跟名人的名字连在一起了。

依太史公司马迁创下的体例，中国历史以名人传记为龙骨。传记的格式，第一句是传主的姓名，第二句就是他的籍贯，例如，"萧望之，东海兰陵人。""疏广，东海兰陵。"由于"兰陵人"一词在史书中出现的次数很多，以致，当年，"我是兰陵人"这样平常的一句话被人家赋予特别的意义。祖居兰陵的光绪戊戌进士王思衍先生，也就刻了一方大印，在中堂或楹联大件作品中使用，文曰"王思衍东海兰陵人"，以表示他的自我期许。

现在，兰陵人有一大意外收获，那就是《金瓶梅》的作者"兰陵笑笑生"。《金瓶梅》本来被人视为"低俗"的"淫书"，若干年来身价蒸蒸日上。有人说，它是中国最早也是最大的自然主义小说，了不起；又有人说，它的妙谛在文字之外，禅境高深。一部小说禁得起批评家用写实和象征两个不同的角度钻研探讨，当然不是凡品，兰陵人的乡贤祠中，也只有对它的作者虚席以待了。

细数历代乡贤，以疏广对我影响最大。

疏老先生是汉朝人，宣帝时官至太傅。他的侄子疏受也在朝为官，位至少傅。太傅是三公之一，少傅是三孤之一，都是很高的爵位。

疏广遇上了好皇帝，宦途顺利。可是疏老先生对他的侄子说，"知足不辱，知耻不殆"，咱们提前退休吧。

叔侄二人称病告归，皇帝赐给他俩许多黄金。二疏回到家乡，把黄金分给亲族故旧宾客。有人问他们为什么不留给子孙，疏广说，"子孙贤而多财，则损其志；愚而多财，则益其过"，一时传为名言。

兰陵在历史上一度辖区甚广，有过兰陵郡的时代，有过兰陵县的时代，可称之为大兰陵。近代的兰陵是一个乡镇，本来属于临沂，后来成立了苍山县，划归苍山，这是小兰陵。

二疏的故居在兰陵镇之西，离镇约二十华里。萧望之墓在兰陵镇北若干里，乡人讹称萧王墓。他们显然都是大兰陵人。

在小兰陵的时代，二疏故居在峄县境内，也可以说是峄县人。现在峄县废县为城，属枣庄市，二疏又可以说是枣庄人了。《金瓶梅》作者的原籍，可能也是这个样子？

小时候，我到过二疏的故居。对日抗战期间，兰陵由日军占领，我家迁往乡间居住，有道是"大乱住乡，小乱住城"。有一段时间住在兰陵之西。某月某日父亲带我回兰陵一行，他老人家特地绕个弯儿从二疏故居之旁经过。

二疏是汉代人，他们的故居也不知经过后世几度重修，如今只见空旷之地四围高墙，造墙用土，在景观上与乡野调和，倒不失二疏敦亲睦邻的心意。乡人称此处为二疏城，用"城"来表示对先贤的尊敬。又在当年散金之处筑台，以纪念二疏的义行。我似乎并未看见高台，二疏城的围墙也残破了。从墙外看墙内，只见一棵枝叶参天的银杏，在西风残照中为古人作证。

父亲讲述了二疏辞官散金的故事，我大受感动。回到家，我翻查从上海经纬书局邮购得来的《中国历代名人传》，找出二疏的合传。这本精装巨著只是把正史中的传记挨个儿重排一次，不分段落，没有标点，和线装书一模一样，也许比线装书多几个错字。

我那时读文言文不求甚解，所幸二疏的传记并不古奥，篇幅也简短。我用毛笔写正楷，把二疏的传记抄下来，贴在座右，幻想古人的音容笑貌，进退举止。多年以后，我在外模仿他们轻财尚义，也曾把他们的事迹写成广播剧本。

荀卿也是兰陵人吗？战国时兰陵属于楚国，春申君当政，任用赵人荀卿为兰陵令，春申君死，荀卿辞官，在兰陵安家落户，晚年潜心著述，后人辑成《荀子》一书。《荀子》是一部重要的经典。兰陵为晚年的荀卿提供了著述的环境，是这个小镇对中国文化的最大贡献。兰陵也沾了这位大儒的光，在战国之世就光耀史册，垂名千古。

研究荀子的人说，兰陵人很爱荀卿，喜欢用"卿"做自己的名字。兰陵人爱荀卿应该没有问题，否则荀卿不会把自己的著述、自己的子孙都交给兰陵。至于兰陵人以卿为名，似乎无迹可寻。

荀卿死后葬在兰陵，兰陵镇东门外约三华里处，有荀子墓，乡人讹称舜子卿。荀墓封土为立方体，平顶，造型安详谦和，但体积甚大，我小时候爬上去翻过跟头。后来看资料，这座古墓长三十米，宽二十米，高六米，相当于一座房子。

荀卿的官位不过是兰陵令，萧望之是太傅，萧墓却不像荀墓那么出名，也没有荀墓"好看"。我幼时也曾从萧望之墓旁经过，印象中外形是传统的土馒头式样，但高大异常，看上去近似圆锥体。墓不止一座，呈品字形排列，我以为造墓时布置了疑冢，疑冢是为盗墓贼而设，使其不知从何处下手。后来看资料，才知道"余为诸子葬处"。萧望之是在政治斗争中失败自杀的，但他的墓仍有富贵骄人之处。

兰陵似乎没出过荀学专家，满眼是孔孟的信徒。我在家塾读书时曾要求一窥荀子，老师正色曰："他不是圣人！"后来，我仍然受了荀子一些影响，那是我四十多岁以后了。

兰陵人雅俗共赏津津乐道的，是他们酿造的酒。他们说，兰陵是杜康造酒的地方。当年李太白"遍干诸侯，历抵卿相"，行经山东，喝了兰陵出产的美酒，作了一首七言绝句，诗云：

> 兰陵美酒郁金香，
> 玉碗盛来琥珀光。
> 但使主人能醉客，
> 不知何处是他乡。

在李白的作品里面，这是很寻常的一首七绝，但是李白不是寻常人物。此诗一出，中国文学马上增加了几个典故：兰陵酒，兰陵一醉，兰陵郁金，兰陵琥珀。兰陵也兴起了一种工业：酿酒。李太白一句话，兰陵人发了财。

据说，兰陵美酒有几项特点。

第一，据说，酒怕过江，本来是满满的一瓶酒，由北岸运到南岸，自然减少三分之一。兰陵美酒没有这种损耗。

第二，据说，兰陵美酒的香气特别馥郁。在中国，"酒为百药之长"，酒里总有一股药味，兰陵美酒是少有的例外。饮普通烧酒，入口时香醇可口，回味却败坏嗅觉，只有兰陵美酒，"连酒嗝都不难闻"。

第三，嗜酒足以致病，但是兰陵父老相信，饮他们酿造的美酒比较安全。明代的汪颖在《食物本草》中说，"兰陵酒清香远达，饮之至醉，不头痛，不口干，不作泻。其水称之重于其他水，邻邑造之俱不然。"

对酒，兰陵人有他主观的信念。入兰陵而不喜欢兰陵酿造的烧酒，那是可以默许的；入兰陵而褒贬兰陵美酒，那就超出了容忍的限度，视同极大的恶意。我想每个地区的人民都会在当地找出几件事物来寄托他们的集体自尊，基于无伤大雅的原则，你最好接受他们的价值标准。很久以前，在兰陵，我就该学会这一点。

可想而知，兰陵有许多酒坊酒店。清末民初，兰陵酿造业的全盛时代，十八家字号欣欣向荣，百里内外分支机构处处。

酿酒是工业，有一定的法则和程序。但是，同一个师傅，使用同样的原料，未必能每次都酿出同样的酒。就像王羲之写《兰亭集序》，反复写了好几次，只有第一次写出来的最好。所以，酿酒又是艺术。有时候，全体工人在酒师傅的指导下，该做的事都做了，最后却涓滴皆无，或者流出来气味刺鼻的恶水。这种状况真是糟糕透顶，店主损失了资本，酒师傅损失了声誉。既然尽人事不能保证结果，那就加上乞求天命。所以，酿酒又是宗教。

兰陵美酒有它独特的配方，主要的原料是黍。酒要埋在地下一年，等惊蛰闻雷时开窖取出。实际上，在我幼时，"遵古炮制"的美酒已难在酒店里买到，坦白地说，我从未见过。

一般而论，兰陵人的运气不错。兰陵镇的地势是一个方形的高台，极适合建屋筑城。我在《碎琉璃》中曾借用此一形象。想当初汉族漫行黄河下游觅地求生，先民忽然发现这天造地设的家园，必定欣喜若狂。

由于地势高，风湿和疥疮都是稀有的疾病，安葬死者，事后也很少发觉棺材泡在水里。土匪来了，乡人居高临下，防守占尽优势。

春秋时代，先民在这里建立了一个小小的"国"。据说，因为兰陵的水质好，所以能造出好酒。后来，专家告诉他们，要酒好也得土质好，长出好的庄稼来。后来，专家又说，要出好酒还得有好的空气。兰陵人看兰陵，越看好处越多。

北伐前后，土匪以沂蒙山区为根据地，抢遍了鲁南的乡镇，兰陵也不例外。但是，到兰陵来的土匪不杀人，不奸淫妇女，只要财物。这股土匪有自己的哲学，他们相信做土匪等于做生意，将本求利，"本金"就是自己的生命。干吗要流血？血又不能当钱使用！强奸？何苦来，明天上阵第一个挨枪子儿！

兰陵当然也有地主，而且有大地主，清算起来，个个俯首认罪。不过"样板"地主——《白毛女》里那样的地主，倒还没有。

近代的兰陵很闭塞，很保守。可是放足，剪辫子，写白话文，兰陵都有及时开创风气的大师。南下黄浦抗日，北上延安革命，闭门研读《资本论》，都有先知先觉。

兰陵的城墙东西三里，南北五里，宽可驰马，是我小时候散步的地方。四面城门都有名家题字，东门是"东海镜清"，北门是"文峰映秀"，南门为"衢通淮徐"，西门是"逵达邹鲁"。虽是小镇，气派不小。

范筑先做过临沂县的县长，是兰陵人的父母官。能在这样一个好官的治理之下为民，也是风水有灵，三生有幸。范县长的第一个优点是不要钱，对身为行政首长的人来说，贪为万恶之源，廉为百善之媒。他的第二个优点是不怕死，"仁者必有勇"。

那年头临沂的土匪多，军队纪律也不好，时人称为"兵害""匪患"。向来做县长的人睁一只眼闭一只眼，不敢认真，唯恐兵匪以暴力报复。范县长不怕。那时允许民间有自卫枪械，大户人家甚至长年维持一支小小的民兵。范县长把这些乡勇组织起来，施以军事训练，又把各村的武力联络起来，建立指挥系统，一村有警，各村来救，同时以正规军队作后盾，土匪遂不敢轻举妄动。

兵害比较难除。幸而那时国民政府也知道兵害严重，不得不扬汤止沸，下令规定县长一律兼任军法官，在某种情况下，军法官有权判处死刑。范县长拿起这个尚方宝剑，挥舞叱咤，有效地震慑了兵痞兵氓。临沂城内的驻军，军官往往告诫士兵："我饶得了你，只怕范大牙饶不了你。"范县长的门牙特大，有这么一个绰号。

范在临沂的任期是一九三三年到一九三六年。后来他调到聊城去升为行政督察专员。不久，抗日战争全面爆发，日军进攻聊城。范专员曾在北洋军中做过旅长，原是一员虎将。他守土不去，激战中阵亡，吾乡尊长王言诚先生浴血参与此役，突围得免。岳飞曾强调"文官不爱钱，武官不怕死"。范筑先先生一身兼具这两个条件，超过岳武穆所悬的标准。料想成仁之日，精忠岳飞在天堂门口迎接他的灵魂。

范筑先为政的另一个特点是"勤"——据说他整天工作，几乎没有私生活。他奉命进行的几项大政，如土地测量，如严禁鸦片，如寓兵于农，都很容易以权谋私，因陋聚敛，但是范县长贯彻执行，没有苛扰。一九三五年夏天，黄河决口，山东水灾严重，大批难民涌到，范县长顺顺当当漂漂亮亮地办好救灾。

当年的地方行政，有人称之为"绅权政治"，由各地士绅做政府的经纪人，做官的人只要得到士绅的配合就算圆满成功。士绅和一般农工商学的利益究竟不能完全一致，因此有些良法美意不免遭士绅封杀。这个缺点，当时的制度无法补救，只有靠"贤臣"走出那分层负责、层层节制的官僚体系，以个人魅力、个人意志冲破士绅架构的长城，出入那"天苍苍，野茫茫"的世界。这样，"贤臣"必须勤苦耐劳。范筑先先生就是在那样的时代、那样的环境，做了那样的人、那样的事。

有两件事，我对范氏留下难以磨灭的印象。我一共只有两次机会看见他，第一次，他巡视兰陵，顺便看看我们读书的小学。我们停课，大扫除，奉命要穿干净衣服，洗脸洗到脖子，洗手要剪短指甲。当天在校门内操场上排开队伍，队伍临时经过特别编组，把白白胖胖讨人喜欢的孩子摆在前列。

县长出现，大家一齐拍手，照事先的演练。原以为他要训话，他没有，只是从我们面前走过，从排头走到排尾，仔细看我们。他的个子高,面容瘦,目光凌厉,门牙特别长,手指像练过鹰爪功。然而他并不可怕。他每走几步就伸出手来摸一个孩子的头顶,大家都希望被他选中。

他没有摸我,他的手曾经朝着我伸过来,从我的肩膀上伸过去。他的目标在我左后方。天地良心,那个同学的长相没有我这么体面,也许正因为他比我黑,比我憔悴。受他抚摩的,多半不是饱满娇嫩的中国洋娃娃,换言之,位置多半在后面一排,以及排尾。

第二次能够看见他,是因为他要离开临沂了,去聊城赴任之前,他到临沂县的每一区辞别,兰陵是第八区。在欢送的场面里,我们小学生是必不可少的点缀。主体是大街两旁长长的两列一望无尽的香案,香案后面站着地方士绅、基层官吏。这些人物背后墙上高挂着红布条制成的大字标语,感激德政,祝贺新职。标语连接,灰扑扑的兰陵好像化了妆,容光焕发。那年月,标语用毛笔一笔一画写出来,兰陵很有几位写家,这一次都动员上场,不啻场大规模的书法展览。香案上并不烧香,摆着清水一碗,镜子一面,豆腐一块,青葱几棵。用以象征范县长的"清似水,明似镜","一清二白"。还有清酒两杯。主人的名片一张,表示饯别。

只见县长在许多人簇拥下一路行来，区长，镇长，警察局长，小学校长，少不了还有随从护卫，鞭炮震天，硝烟满地。

这一次他没有多看我们，一径来到香案之前。香案上有两杯酒。范氏站立桌前，端起右面的一杯，右面是宾位，洒酒于地。就这样，一桌又一桌。兰陵本来就满街酒香，这天更是熏人欲醉。随员取出范氏的一张名片放在桌上，把主人摆在桌上的名片取回来，放进手中的拜盒。就这样，鞭炮声中，范氏一桌挨一桌受礼，临之以庄，一丝不苟。

范氏的路线是进北门，出西门。西门内外，香案还在不断增加。四乡农民，闻风而至，带着他们刚刚摘下的新鲜果菜。来到兰陵，才发现需要桌子，需要酒杯，就向临街的住户商借。我家共借出方桌两张，酒杯六只。有些远道而来的扶老携幼，阖第光临。

据说，根据传统，卸任的官吏必须在鞭炮声中离去，最忌冷场。所谓辞别，通常是在前面十几二十桌前行礼如仪，自此以下，俗套概免，以免时间拖延太久。范县长那天打破惯例，即使是临时增添的那些桌子，那些没有铺桌布、没有摆名片的桌子，他也平等对待。那天，兰陵镇虽然准备了很多鞭炮，还是不够。这种长串的百子鞭，得到县城去采购，临时无法补充。范县长并不在意，他的诚意丝毫不减。范氏出外，一向不接受招待，这一次更是在午饭后到在晚饭前离去。等他坐上汽车，已是夕阳西下。他还没吃晚饭，我也没有，我们的队伍这时才解散，所有的香案也在这时开始撤除。那时，我觉得好饿！我想，他也一定饿了。

毫无疑问，这个人也给了我很大的影响。

选自《昨天的云》

吾家

兰陵王氏自丙沂公传至十三世思字辈,有思兆先生,就是我的曾祖父。兆公再传,和字辈,是我的祖父翔和先生。祖父有五子五女,我父亲行二,讳毓瑶,是毓字辈。当年,人事资料要记载曾祖父、祖父和父亲的姓名,每个人都要记自己的"三代",倘若求职,写不出"三代"的人一定落选。

那时,有一个人出外求职,忘了曾祖父的名字,情势断不容许回家查问,就临时替曾祖父取名"曾杰",意思是,我的曾祖父是位人杰。管人事的跟他有点交往,好心提醒他:"名字哪有用破音字(即多音字——编者注)的?"

他急忙在"曾"字旁边添了个土字旁,成为"增杰",得到这个职位。后来他查出曾祖父的本名,就请管人事的喝酒,要求悄悄地把记录更正过来。管人事的想起破音字加土字旁的往事,笑而言曰:"他老人家已经入土为安啦,你也别再轻举妄动啦!"这"入土为安"和"轻举妄动"两个成语,成了嘲笑他的典故,被他的好朋友沿用了很多年。我们小时候受过几项严格的训练,其中一项就是牢牢记住谁是你的三代尊长。

我的伯父毓琪先生,和我的父亲是一母所生,老弟兄俩的名讳隐含"琪花瑶草"之意。可是这两位老人家并未生长在仙境,他们要面对尘世间的一切磨炼。

后来祖母去世了,由继祖母持家。继祖母生育了四叔毓珩先生,五叔毓珍先生,七叔毓莹先生。我记得,伯父是个胖子,走路时呼吸有风箱声,性情随和,像一个商人。四叔比伯父稍稍清秀些,平时沉默寡言,但是有自己的原则。五叔那时是一位热血青年,眉宇间有英气,关心国事,批评社会。七叔瘦小灵活,和他的四位哥哥不同。

传统的大家庭内部照例有许多矛盾,我家不幸未能例外。传统的大家庭也都注重观瞻,不断修饰自己的形象,我家也力求纳入此一规范。小时候,我主要的玩伴是一只狸猫。猫爱清洁，但是自己无法洗澡，唯一可用的工具是自己的舌头。它拿舌头当刷子，把身上的每一根毛舐干净。多亏它有个柔软的身体，能运用各种姿势，从各个角度清理身体的许多部位。看它那样辛苦，那样勤奋，使我十分痛惜。不错，它的外表是干净了，可是所有的污秽都吞进肚里。

看到猫，常常使我想起家庭，传统的大家庭。猫有能力把肚子里的污秽排泄出去，大家庭也有吗？猫，如果身上太脏，它就自暴自弃，任其自然，大家庭也会吗？

余生也晚，从未见过祖父。我想，他老人家一定是个卓越的商人，具有当时一般商人没有的世界观。他开设了一家酒厂，两家酒店，字号是"德源涌"和"德昌"，除了批发以外，在临沂和峄县县城都有门市部。历来谈兰陵美酒的文章，点名举例，必有"德源涌"的名字，它是兰陵开业最早规模最大的酒厂，北京设有分销单位。一九一五年，祖父带着自家酿造的兰陵酒，以兰陵美酒公司的名义参加旧金山太平洋万国博览会，得到金质奖章和银质奖章，出国参展之前，一九一四年，兰陵酒先在山东省第一届物品展览会上夺得第一名。

这段史实，由王玉久先生从当年出版的《申报》和"中国参加太平洋博览会纪实"一书中发掘出来,至今犹是中国对外贸易反复引述的资料。在玉久先生的文章里,我祖父的名字是王祥和。但是,我从小受教育,熟读勤写祖上三代的名讳,祖父的名字分明是王翔和。他老人家要伯父管产销,伯父正是一个经理型的人物。他要四叔管家,四叔为人小心谨慎,又深得继祖母信任。他老人家的这些举措,堪称知人善任。可是,他老人家送我父亲到济南去读法政专门学校,却是一步失着。在那年代,"法政"的意思是政治经济,法政专门学校培养的是官场人物。我父亲不能做官,尤其不能在军阀混战天下未定的时候做官。

等到我能够认识这个世界,祖父早已去世,生意早已结束,酒厂空余平地上一棵梧桐,酒店的门面租给人家卖酒。伯父和我父亲也早已奉继祖母之命分出去独立生活,酒厂的空地的一半,酒店的门面,以及相连的一所四合院,由我们这个小家庭居住使用。

我八九岁的时候,受好奇心驱使,"搜索"了我父亲的书房。据说每一个孩子在成长过程中都做过类似的事。我找到父亲的同学录,一部善本的《荀子》,一部石印的金批"水浒",一枚图章。母亲告诉我,图章上刻了四个字,"德源长涌",每个字的笔画都长长地向下垂着,有瀑布的趣味。这一方印章，也许是祖父一生事业仅存的遗迹吧。

也许，这偌大的祖宅，才是祖父的事业的遗迹。这所住宅，由大街口向南至小街口，由小街口向西至槐树底，成为一个方块。我不知道一共有多少平方米，这种住宅的结构，是用一个一个四合院连接而成，一个四合院称为一"进"。估计它大约共有十进，外加一片厂房。

我在紧靠大街的青灰色瓦房中出生，长大。房顶很高，没有天花板，我躺在床上可以清清楚楚地看见屋顶和屋脊的内部结构，那是一种匀称的精巧的悬在空中的手工，用三角形的木梁支撑着。自从有了空调以后，很难再看见这么高的屋顶了。

老式的建筑方法不用水泥，用三合土。三合土是把细沙、石灰混入土内调制而成。那时兰陵的房子几乎都是用三合土砌砖为墙，这种砖墙内外两层单砖，中间再用三合土填满，每隔五尺处加铺一条青石板，再在石板上继续加高。那年代，小偷这一行里面有人专在土墙上挖洞出入事主之家，叫"挖窟子"，文言的说法是"穿窬"。我记得当年轰动兰陵的一大新闻，有人夜半听见不寻常的声音，知道"挖窟子"的来了，就抄起菜刀，蹲在墙边等候，等小偷从洞里伸手进来，狠狠一刀砍下去。这件事发生在天寒欲雪的冬夜，更使人觉得十分凄惨。

大户人家用"夹心砖墙"盖屋，用意在防盗，冬天也防寒保暖。同样的理由，我出生的房间只向天井开窗，临街的一面乃是单调的严峻的"高垒"。室内的光线很弱，据说最暗处与祖宗在天之灵相通，所有的婴儿都应该在这一角黑影里呱呱坠地。

四合院四面是房，依方位称为东屋、西屋、南屋。北面的一排房子有个特别的名称，叫堂屋。堂屋是这一组房子的主房，一家之主住在里面，所以父母称为"高堂"。堂屋的中间是客厅，两旁是卧室，称为"一明两暗"，客厅正中有门，门左右有窗，门窗正对天井，光线确实是明亮。

这种房子选材施工都很考究，兴家立业的人为后世费尽苦心。鸠工建造之初不但要请专家选日期，定方位，还要请全体工人吃酒席，并且特别送工头一个大红包。否则，据说，工人有许多"坏招儿"，使你败家。据说，有人发了财盖房子，房子盖好之后家运开始衰落。这家主人心知有异，重金礼聘一位专家前来察看。专家劝他拆房子。一排新盖的堂屋拆掉了，墙根的基石也挖起来，专家从下面找到一个黑盒子，盒子里放着三粒骰子。骰子的点数是"幺二三",最小的点数,掷出幺二三的人准是输家,建筑工人把这样一个邪祟之物埋伏在墙壁下面,诅咒这个新兴的家庭。那专家伸出两根手指,轻轻地、慢慢地把骰子翻转过来,"幺二三"不见了,露出来"四五六"。四五六是王牌,庄家如果掷出四五六来,立刻通吃。黑盒子仍然放回去,房子再盖起来。从此,门迎喜气,户纳春风,三代康宁,六亲和睦,百事顺遂。这故事,也许是建筑工人编造出来的,用以提高专业地位的吧?盖房子的人宁可信其有。任何一种神话,一种谎言,只要可能对子孙有利,他们一概接受。

也许,建筑工人在我出生的这座房屋下面埋藏了"幺二三"吧,我家的境况一年不如一年。我记得,我家后院,梧桐树附近,曾经有一个敞棚,棚下有长方形的石槽,槽上拴着两头骡子。小时候,大人一再告诫我不可接近骡子,使我留下深刻的印象。骡子最大的功用是驾车。想来那时我家有车,那种木制的铁轮大车,用薄薄的棉褥和油布围成车厢。车厢形如轿子,称为轿车。这种车早已淘汰了,名字却留下来归新式汽车使用。既有车,想必也有驾车的人吧。我不记得我家有过这样的人,也不记得我家有过这样的车,我只记得确实有骡子,傲慢倔强的骡子。

然后，我仿佛记得，骡子不见了，石槽旁边拴着两头黄牛。为什么是牛？我家号称耕读传家，却不直接种田。回想起来答案可能是，那时候，常有佃农感到劳力不足，要求东家养牛供耕种使用。记得冬天，我常在寒夜中被父亲叫起，他提着草料，我掌着马灯，冒着雨丝雪片，一同走到后院。父亲在昏黄的灯光下，把草料倒进槽内，拿起一根顶端分叉的木棒搅拌。夜很静，草料在搅拌中互相摩擦，发出沙沙的声音，颇似我后来在爵士乐中听到的沙锤。

想必也是应佃户之请，牛棚旁边有了堆肥，人畜的粪便不能直接用于施肥，必须混入稻草、炉灰、树叶、泥土，经过发酵。把堆肥放在我家后院，是防止有人偷窃。

我记得，老牛怎样用它的舌，把刚刚生下来的小牛收拾干净。我记得，小牛本来俯在地上，四肢无力，忽然一阵风吹过，小牛拉长了脖子，头往前一伸，就站了起来。我还记得，那天，母牛除去缰绳，离开石槽，在后院里陪伴小牛，算是它的产假。

后来，不知怎么，牛已不见了，只剩下一头驴子。家乡的主食叫"煎饼"，乡音近似"肩明"。煎饼是用石磨把小麦黄豆磨成稠糊，再放在铁鏊子上烙成，所以推磨是人生大事。我家没有劳力，必须用驴拉磨，这驴子遂成为我家一颗明星。

我记得那是一头公驴,俗称"叫驴",仰天长啸是公驴的特长。那驴毛色光洁,身躯高大,颇有桀骜不驯之气,普通妇人童子来牵拽它,它往往置之不理。驴子喜欢在地上打滚,俗语说驴打滚儿天要下雨,多半灵验,也许是空气里的湿度使它发痒?它没有搔抓的能力,只好躺在地上摩擦。可是,那突然而来的震耳欲聋的呐喊又代表什么?抗议吗?求偶吗?或者如幽默家所说,"驴子喜自闻其鸣声",自我欣赏吗?

在我的记忆中,我家驴子的鸣声很惊人,音量极大,音质粗劣,而且抑扬转折连绵不歇,一口气很长,有时它突然在你身旁发声,使你魂飞魄散,耳鼓麻木。乡人常说世间有三样声音最难听:锉锯、刮锅、黑驴叫,我家的正是黑驴。口技专家似乎还没有人能模仿黑驴的叫声,那是独一无二的特别警报,黔驴大叫一声吓退了老虎。

大概是我家渐渐容不下这种自命不凡的驴,就换了一头牝的,乡人称牝驴为"草驴"。草驴沉默,柔顺,比较配合我家的环境。抗战发生,兰陵一度是两军攻守之地,我们全家逃难,驴子跟着我们颠沛流离,忍辱负重。最后,我离开家乡的时候,我家已没有驴子。

我常常回忆甚至可以说是纪念我家最后一个使女,我不知道她在我家工作了多久,也不知道她的年纪,只记得她个子矮,丰满,比我的姐姐胖得多(那时还有姐姐在世),天足,脸上红是红,白是白,前额梳着刘海,后头扎着大辫子。那时,衡量中产之家的境况,要看他有没有"天棚石榴树,肥狗胖丫头"。肥狗与胖丫头并举,显然出于落伍的思想,屡受革命家和妇女运动家的呵斥。但在那时,这句话是存在的。在那时,这四者我家都有——曾经都有。

我和这位使女的关系并不融洽,她有一个任务是照管我,我总是不跟她合作。例如,她催我吃饭,或者想给我加一件衣服,或者从街上叫我回家,总是惹得她不愉快。在时而清晰时而模糊的记忆中,她帮助我的母亲料理家务,由我还在吃奶到我断奶。为了断奶,母亲在奶头上涂了黄连水。我初尝苦果时,她还站在旁边,一脸笑容。由我穿开裆裤到穿合裆裤,换装之后一时不能适应,常常尿湿裤子,由她帮我把湿裤子换下来。由我可以随地小便,到我必须在后院的粪堆上撒尿。由我可以跟女孩子一同游戏,到我跟她们划清界限。由我必须请她替我摘石榴,到我自己可以摘到石榴。

有一天我看见她坐在客厅的地上哭泣,母亲找出几件首饰给她，她一再把母亲的手推开。我不知道发生了什么事情。一个中年妇女，乡下大婶的模样，想把她拉起来，可是不容易，我不知道发生了什么事情。这大婶是有备而来。她出去了几分钟再回来，就有两个壮男跟进，两个男子抓住那使女的两臂，把她硬拖出去，脚不沾地。她号啕大哭。可是，出了大门，她就停止了挣扎，一切认命。后来我知道发生了什么事，家里替她安排了她极不满意的婚姻。

我们那唯一的、最后的使女走后，母亲的工作陡然繁重，她自己烙煎饼。烙煎饼用的"鏊子"，是一块圆形的铁板，怕有砖头那么厚，直径嘛，我想起饭馆里的小圆桌，也就是供五六个人围坐的那种桌面。鏊子的中央微微隆起，略似龟背。下面有三条短腿，撑住地面。烙煎饼的人席地而坐，把柴草徐徐推进鏊子底下燃烧，使这块铁板产生高温，烙煎饼的人左手舀一勺粮食磨成的糊，放在铁板中央，右手拿一根薄薄的木片，把"糊"摊开，布满，看准火候迅速揭起。煎饼就是这样一张又一张的东西。

刚刚从鏊子上揭下来的煎饼，其薄如纸，其脆如酥，香甜满口，可说是一道美味，蒲松龄为此作了一篇《煎饼赋》。如果在煎饼将熟未熟之际打上一个鸡蛋，蛋里拌入切碎的葱花辣椒，那就应了山东人的一句话，"辣椒煎鸡蛋，辣死不投降"。

还有简便的办法：在煎饼里卷一根大葱。山东大葱晶莹如玉，爽脆如梨，章回小说形容女孩子"出落得像水葱儿似的"，这棵葱必须是山东大葱！有个笑话，挖苦山东人的，说是两个山东人在吵架，你不必劝，你只要在地上丢几棵葱，他们就不吵了。为什么？他们抢大葱去了！

烙煎饼是在高温中工作，满身大汗，满脸通红，头发贴在脸上、脖子上如斧劈皴，汗水滴在鏊子上吱吱啦啦响。乡人说，天下有四个最热的地方：铁匠炉、鏊子窝、耪豆垄子、拉秫棵。其中鏊子窝就是烙煎饼的地方，年年夏天有人在鏊子窝昏倒。

可怜复可恨，每逢母亲烙煎饼的时候，也就是我兴高采烈的时候，我能吃到我最爱吃的东西，吃饱了，我就吹我用葱叶做成的哨子。

我家曾遭土匪洗劫，不但财物一空，还筹措了一笔钱赎肉票。那时我尚在襁褓之中，全不记得。有一年大旱，我记得全家不能洗脸，饮水从多少里外的河里运来。田里的庄稼全枯死了，大家以收尸的心情去收拾残余。阳光实在毒辣，每一个人的动作都急急忙忙像逃难。求雨的场面惊人，几百壮男赤身露体在锣鼓声中跳商羊舞，受烈日烧烤，前胸红肿，后背的皮肤干裂，嘴唇变形，喝水张不开口。

然后是蝗灾。头顶上蝗阵成幕，日影暗淡，好像遇蚀的日子。不久，蝗虫把天空交还给我们，却沿着屋顶的瓦沟水一般流泻而下，占领了院子，还有街道，还有田野。蝗虫是害虫，炒蝗虫却令人馋涎欲滴。平时想炒一盘蝗虫，要到野外去奔波半日，手足并用，劳形伤神。现在只要朝院子里抓一把。每一只蝗虫都很肥，而且雌虫正待产卵，是厨师眼中的上品。几盘炒蝗虫的代价极大，田里的庄稼被它吃光了。

还有一次火灾。有一天，不知为什么，四合院的南屋突然起火。那是学屋，父亲请了老师在屋中设塾，教我读书，主要的学生是我、二姐。照惯例，亲邻的孩子可以加入，免费。学生一度增加到六七人，开学仪式却只通知我一个人出席。我记得很清楚，早晨，客厅里的光线还黯淡。迎门正中墙壁上贴一张红纸条子，端端正正写着"至圣先师之神位"。老师站在左边，我父亲站在右边，兼任司仪。我对着神位磕了头。本来还该给老师磕头，老师坚辞，说是已经拜过师了。然后到南屋上课。这位老师的名字我忘了，只记得留着八字胡，不凶。

好像没多久，南屋就起了火。四邻八舍都来救火，可是最近的水源是五百米外的护城河，救火的人沿街排列，用水桶挑水提水接力传送，快步如飞。那天我真正感受到什么是"杯水车薪"。工夫不大，南屋烧光了，火势自然停止。大家都说幸亏当天没有风。灾后第一件事是在院子里摆了好几桌席，请参加救火的人来一醉，幸好没有人"焦头烂额"。南屋没能再盖起来，索性四面墙拆掉三面，改成院墙，我改到别家的学屋里去念"人之初"。就在这样的环境里，我的大姐二姐相继去世。

就在这样的时代，这样的环境，我的弟弟和妹妹次第出生。

我对妹妹最早的记忆是，替她摘石榴。我家有两棵树，一棵是石榴，还有一棵也是石榴。我写在作文簿里的句子。老师眉批：很好，可惜并非自出心裁。两棵石榴，并排长在堂屋门侧窗下。不知何故，树姿像丛生的灌木，开花的时候，红蓬蓬两团落霞。总是树顶的石榴先熟，一熟了就裂开，展示那一掬晶莹的红宝石，光芒四射。那高度，我也得站在板凳上才够得着。可是我的上身向前突出太多，板凳歪倒，我扑在树上，四肢悬空，一时魂飞天外，连喊叫都没了声音。幸亏那是一丛"灌木"，它撑住我的身体，我抱住零乱的树枝，下身悬在空中。就这样，我像抱住木板的溺者那样煎熬着,直到有人来救援。而妹妹安静地等待,并不知道发生了变故。

峄县石榴天下驰名。兰陵距峄县县城五十华里,一度属峄县管辖,兰陵石榴就是峄县石榴。我家这两棵属于红皮石榴,结成的石榴大如饭碗,粒子肥大,甜美多汁,亲友邻舍哪个不想尝鲜?每年这石榴的分配,是母亲的一大难题。

仿佛记得,母亲的肚子越来越大,简直不能出门。我问肚子怎么了,她说,生病。我绝未料到那"症状"和弟弟有关。我对弟弟最早的记忆是,有一天,我忽然奉命到别人家中去玩一天。我去了,到底是谁家,已经忘记,只记得也是四合院,客厅里空无一人。在这个家庭里吃了午饭,又吃了晚饭,闲得无聊,可是他们不让我走出客厅一步。晚上,有人来接我回家,在天井里听见内室有婴儿的哭声。

"谁哭?"我问。

"你的兄弟。"

"我哪来的兄弟?"

那人向上指了一指:"从天上掉下来的。"

我仰面看天,又惊又疑。从那么高的地方掉下来,怎么得了!那么高,又怎么上去的呢?

我家最后一个小高潮，是有一位县长登门造访。我不清楚他到底是临沂的县长，还是峄县的县长。他是济南法政专门学堂毕业的，上任以后，想起这里有他一位老同学。那年代，家乡还没讲究"童权"，贵宾临门，孩子一律赶上大街。那县长也没问"你的孩子呢，叫过来我看看"，所以我对他的印象模糊。有时我会这么想：他失去了一个机会，这机会可以使一个相当敏感的孩子记得他的声色笑貌，进而注意他的嘉言懿行，在五十几年以后为他"树碑立传"。

那天父亲请厨子来做菜。宴开三桌，一桌摆在客厅里，招待县长，两桌摆在天井里，招待县长的随从。许多小孩都来偷看县长，我也混在里面。只听见有人低声惊叹："县长吃馒头是揭了皮儿的！"县长拿起馒头揭皮的时候，同席的人也连忙效法追随，每人面前隆起一个白色的小丘。

县长是戴着黑手套进来的，饭后，又马上把手套戴好。回想起来准是意大利上等皮货，又软又薄，紧紧贴在皮肤上，与手合而为一。院子里，迟到的观众低声问早来一步的："他又不做粗活，为什么手这样黑？"

以后个把月，我出门玩耍，走到大街口，准有人买包子给我吃。大街口就有卖包子的固定摊位。那时候，父老有个习惯，到大街口去，找个阴凉蹲着，看人来人往，互相交换新闻。那时候，孩子们受到严格的教导，在外面接受了人家的吃食或玩意，马上回家报告父母。父亲不许我到大街口玩耍。个把月后，没人再请我吃包子了，因为，有许多人来央求父亲到县长那里说情，父亲一概拒绝。

现在由黑色的手套说到黑色的家具。我家的客厅，地上铺着方砖，方砖上一张八仙桌，两把太师椅。八仙桌和后墙之间，是又窄又长的"条几"。八仙桌上摆茶壶茶杯，条几上摆文房四宝、花瓶以及把成轴的字画插在里面存放的瓷筒子。瓷器至少是道光年间的制品，桌椅准是紫檀木做的。紫檀很黑，微微泛着紫色，威严深沉，能配合大家庭的环境气氛。紫檀的颜色天然生成，从木材内部渗出来，这正是玉石之所谓"润"，中国士大夫最喜欢这种自内而外的色泽，认为它象征有内在修养的君子。那时，家家都是这个样子。

然后说到黑色的燕子。由条几垂直向上，紧贴着屋顶的内部，有一个燕巢。燕子利用屋顶的斜度，把春泥塑在纵横的椽间，春来秋去，在里面传宗接代。总有需要关门加锁的时候。所以，客厅的门框上面，门楣下面，预留一条五寸宽的空缝，供燕子出入，称为"燕路"，每年春天第一件大事就是清理燕路，把防风避寒的材料取出来，不敢慢待来寻旧垒的远客。人人相信燕子有某种灵性，专找交好运有福气的人家托身，所谓"旧时王谢堂前燕，飞入寻常百姓家"，就是说燕子舍弃了衰败，寻求新的机运。因此，倘若谁家的燕子一去不回，可要引人费尽议论猜测了。那时，家家都是这个样子。

我家的燕子一直和我们同甘共苦。可是有一天，突然啪嗒一声，燕巢掉下来一半，碎屑四溅，刚刚孵出来的雏，还未能完全离开蛋壳，光着身子张着嫩红的大嘴，在八仙桌上哭起来。它们的父母满屋乱飞，像没头的蝙蝠。母亲立刻给雏燕布置了一个临时的窝，放在条几上。老燕多次冒险低飞，在雏燕面前盘旋，不论它们的孩子怎样挣扎号叫，它们始终没敢在条几上停下来。父亲找人把燕巢补好，把雏燕送回巢内，可是它们的父母再没有回来。巢，一旦有了人的指纹，燕子立刻弃之不顾。

第二年，我们也有了覆巢之痛。

选自《昨天的云》

迷眼流金

我家住在古城的西隅。出门西行，走完半条街，越过一片菜圃，就是古城的西墙。这可能是先人的一大错误，就我而论，根本不该住在城西。你不知道傍晚在城头散步有多么愉快。站在城墙上和缩在灰沉沉的四合房里完全是两个世界，两种经验。天高地阔，风暖衣轻，放眼看麦浪摇荡，长长的地平线上桃柳密如米点，是故乡一大胜景。倘若天气好，西天出现了落日晚霞，非等到那鲜丽的天幕褪尽颜色，你不忍离开。你会把那一片缤纷一片迷茫带进梦里，再细细玩索一次。

唉，你不知道，一旦登城西望，你会看见何等辽阔何等遥远的田野。你会有置身大海孤舟中的哀愁。你需要一点兴奋或一点麻醉，落日彩霞就是免费的醇酒和合法的迷幻药。晚年的太阳达到它最圆熟的境界，给满天满地你我满身披上神奇。它轻轻躺在宽大平坦的眠床上，微微颤动。如果眠床再铺一层厚厚的云絮，它就在云絮里化成琥珀色的流汁，不肯定型，不肯凝固，安然隐没。一天结束了，而结束如此之美，死亡如此之美，毁灭如此之美，美得你想死，想毁灭。那时，我从暮霭中走下城墙，觉得自己俨然死过一次。

从前，我们远祖居住在另一个遥远的地方，那里以产桃闻名。为了表示追念，族人特地在古城西郊种植一片桃林。西郊有一条小河，桃林在河岸两旁展开，远远望去，好像贴在天幕上的一条花边。每年春到，我在单调沉闷的四合房里捉到迷路的蝴蝶，就知道桃花开了。千百棵桃树同时开花是绝对无法隐藏的事情！人站在城墙上，正好眺望一片红云盛开的桃花受到夕阳返照，十里外看得见通天红气。世界是如此诡异，虚幻，令人心神恍惚，意志涣散。难怪到了花季，做父母的宣布桃林是孩子们的禁地，千叮万嘱，不许入林玩耍。谁要是反抗家长的告诫，擅自走进这个变色变形的世界，十个少女有九个回家发烧，十个少男有八个迷路。迷了路的孩子坐在河边痛哭，等父亲来救，他的父亲带着猎狗，敲着铜锣，入林叫喊寻找，叫声锣声震得花瓣纷纷下坠。

我开始接触新的文学作品，从小说和新诗里面去找苦闷啊，彷徨啊，绝望啊，苍白得厉害。这些作品使我回味在落日残照里尝到的毁灭之美。使我通体酥软，不能直立，数着自己滴血的声音读秒。残照回光强化了这些作品的效果，使我渴望那些作品所描写的乃是我的生活。我还没有恋爱，先已觉得失恋。还没有经商，先已想象破产。还没有病，先已自觉沉疴难起。幸福似乎是庸俗的，受苦才有诗意和哲理。活着是卑微的，一旦死亡，就会使许多人震惊，流泪，举出美德来做榜样表率，或者夸张死者未来的成就，痛惜天妒英才。我是沉溺在细腻的流沙里，无以自拔了。

我实在受不了夕阳下桃林的诱惑，尤其是红花掩映下的那一条河。城墙外缘是大约二十度的斜坡，生满坚硬的细草，可以当作天然的滑梯。我四顾无人，悄悄滑下去，沿着田间阡陌走。这是我最大的秘密，不能让任何人看见。夕阳的光线从桃林顶上平射过来，刺得我眼花缭乱。忐忑的心更乱，硬着头皮一溜烟钻进桃林，钻进一条红通通热烘烘的甬道。四顾果然无人，可是总疑心有什么人躲在桃树后面偷看。

啊，那条河！我永远不会忘记那条河，水波微动，静寂无声，花在水里，霞在水里，分不出哪是花，哪是水，哪是霞。红得像火，浓得像酒，软得像蜜。一跃而入是何等舒适，何等刺激！肉身在火里熔解，灵魂向霞处飞升，大地干干净净。我想死。我真的想死。死了，我就是河的神，花的精魂，霞的主人。我就通体透明，仰卧在河床上的锦缎里，浮在这一片销骨的氤氲中，消失，消失，永远消失，无影无踪，不留一片渣滓。水里铺着一层霞，霞里铺着一层花，霞和花的岩浆涂在水的背面，水就像镜子一样，清晰地映出我的面容。我对自己的影子说，你要扑下去，扑下去，扑进温柔而有弹性的流体，永远休眠。

想着想着，心神几乎粉碎，突然，水中的影像之旁，浮出一张严厉而凶恶的脸，瞪着充血的圆眼，来责备我的荒谬。我大吃一惊，跌坐河边，平息剧烈的心跳。本能地回头一看，一头牛站在旁边。原来是一头牛，水中倒映着牛脸。河水的颜色那样浓烈，拧曲了牛的形象。我是惊恐的，它也是。它恳切地望着我，有期待，有依恋。可是我总觉得它的表情里有许多责难，使我摸着胸口，望河，望一条血河。

记得有一次,我端着半盆清水,承受一滴一滴的鼻血,血珠儿在水中像伞张开,像一朵一朵桃花,像一片一片晚霞。终于,满盆水都浑然一色。盆里的水愈红,母亲的脸色愈苍白。母亲发现一切止血的办法全然无效,忍不住放声大哭,我听见母亲的哭声心头一憬,鼻孔滴血竟停止了。可是母亲的哭声并不停止。俯身向河,满河是血,是我流出来的鼻血,旁边有母亲的哭声,哭我生命的萎谢,她的泪是另一种血。可惜啊,血变成污水。母亲啊母亲,你为什么那样苍白,难道失血的是你。不错,是她,我的血管通她的血管,我的皮肤有了伤口,她的鲜血先我而涔涔,除非她的血干涸,不许轮到我。母亲啊母亲,你用流血保护我,我必须止血保护你。我轻轻地抚摩那牛,牛也轻轻抖动肌肉迎接我的手掌。晚霞余烬将尽,桃林里泛起一层灰白,牛的面容随之变了,恢复本来的善良温顺。它非常安静地望着前方。我骑上牛背,缓缓出林。

抗战发生了,一个黑脸汉子从战地逃出来,做我们的国文教师。他的声音洪亮坚定,平素却沉默寡言。有一天,他问:"听说你会作诗?"我说,是的。"把你的作品,写一首来看看。"我说,好的。我呈上一首:"青青小草随坡低,点点春云与树齐。独立山头思妙理,溜圆红日滚天西。"他看了，沉吟了一下，对我说："诗里面有衰败的意味，不好。应该改掉几个字，写成另外一个样子。"说着，他提笔就改："青青小草随坡生，点点春云与树平。独立山头思妙理，溜圆红日起天东。"在他来说，改动了几个字，用新生的兴旺气象抹去了衰败，大功告成。可是，在我来说，纸上的旭辉依然是我心中的残霞，因为我住在城西，不在城东。我看见的是夕阳黄昏，不是云霞海曙。有些东西已深入我的骨髓肌理，使我的人格起了变化，字面上的涂涂改改无济于事。唉，这是我住在城西酿成的苦酒。苦酒换一个名称还是苦酒。

我发现我的国文老师也是个喜欢苦酒的人，他也常常到西面的城头散步。他从城南绕到城西，不辞遥远，必定是爱上晚霞，晚霞在他眼里冒着火星。他一步一步很沉重，肩膀左右倾斜才提得起脚步来。走着走着，好像为抵抗空气凝结而挣扎。终于，他用歌声冲破沉默："流浪到何年何月，逃亡到何处何方，我们无处流浪，也无处逃亡！"……我跟着他一起唱："哪里有我们的家乡，哪里有我们的爹娘……"唱着唱着，他哭了，掏出手帕来，唱一句，擦一下，我也哭了，没有掏手帕，我的眼泪太少，舍不得擦掉。哭泣好美好美，流亡好美好美。我恨不得是他，恨不得把他的泪放在我的眼眶里，替他流亡……

那年代，我们喜欢唱歌，也有许多歌可唱。音乐老师、国文老师、数学老师都把自己喜欢的歌教给我们，那流亡者，那阔肩厚背的黑脸汉子，唱起歌来全校各教室都听得见。他率领我们浩浩荡荡到四乡去宣传抗日，挺胸昂首，引吭高声，感动得我们这些小孩都觉得自己很伟大。"我们从敌人屠刀下冲出，痛尝够亡国的迫害耻辱，遍身被同胞热血染红，满怀牺牲决心，和最大的愤怒。"唱到押韵的地方，歌声带几分哽咽。但是接着又激昂起来："我们带着救亡的火种，走遍祖国广大的城乡山林，冒着急雨寒雪霜冰，不怕暗夜风沙泥泞。"唱着唱着，他的眼睛向远方看，愈看愈远，越过房屋，越过城墙，越过地平，向风沙泥泞的广大山林看去，一脸的认真和坚忍，好像他已置身其间奋勇向前。啊，那是多丰富的经验！多壮烈的滋味！唱着唱着，我也在那滋味里醉了。

教完这首歌以后，国文老师就不见了。他没有跟我们说要到什么地方去，但是，我认为我知道。当天边晚霞消失，我仿佛看见天外有一个人背着行囊，挺着胸膛，在大风大雨中奋斗，在流血流汗中成长。那人是他，那人也是我。我再也不珍惜家庭的温暖，乡情的醇美，甚至也不珍惜国家的保护。失去这些比拥有这些更能增加生命的意义。让我也流亡吧，我也受迫害吧。我又想死了，我想在攀登悬崖峭壁时失足失踪，让同伴向山谷中丢几块石头，象征性地做我的坟墓。让浩浩天风卷走他们的泪水，落在另一座山的野花上，凝成露珠。我恐怕是有些失常了。都是夕阳惹的祸。我想，如果我家住在城东……

选自《碎琉璃》

中国在我墙上

你用了三页信纸谈祖国山川,我花了一个上午的工夫读中国全图,中国在我眼底,中国在我墙上。山东仍然像骆驼头,湖北仍然像青蛙,甘肃仍然像哑铃,海南岛仍然像鸟蛋。外蒙古这沉沉下垂的庞然大胃,把内蒙古这条横结肠压弯了,把宁夏挤成一个梨核。经过鲸吞以后,中国早已不像秋海棠的叶子。第一个拿秋海棠的叶子作比喻的人是谁?他是不是贫血,胃酸过多而且严重失眠?他使用的意象为什么这样纤弱?我从小就觉得这个比喻不吉利。我太迷信了吗?

我花了整整一个上午。正看反看,横看竖看,看疆界铁路山脉河流，看五千年，看十亿人。中国，蚌壳一样的中国，汉瓦一样的中国，电子线路板一样的中国。中国供人玩赏，供人考证，供人通上电流任他颤抖叫喊。中国啊，你这起皱的老脸，流泪的苦脸，硝镪水蚀过，文身术污染过的脸啊，谁够资格来替你看相，看你的天庭、印堂、沟洫、法令纹，为你断未来一个世纪的休咎，咳，我实在有些迷信。

地图是一种缩地术，也是一种障眼法。城市怎能是一个黑点，河流怎能是一根发丝，湖泊怎会是淡淡的蛀痕，山岳怎会是深色的水渍。太多的遮掩，太多的欺瞒。地图使人骄傲，自以为与地球对等，于是膨胀自己，放大土地，把山垫高，把海挖深，俨然按图施工的盘古。每一个黑点都放大，放大，放大到透明无色，天朗气清，露出里巷门牌，让寻人者一瞥看清。出了门才知道自己渺小，过一条马路都心惊肉跳。这个上午我沉默，中国也沉默，我忙碌，中国稳坐不动，听任神游，等我筋疲力竭。

现在，在我眼前，中国是一幅画。我在寻思我怎么从画中掉出来。一千年前有个预言家说，地是方的，你只要一直走，一直走，就会掉下去。哥伦布不能证实的，由我应验了。看我走过的那些路！比例尺为证，脚印为证。披星戴月，忍饥耐饿，风打头雨打脸，走得仙人掌的骨髓枯竭，太阳内出血,驼掌变薄。走在耕种前的丑陋里,收获后的零乱凄凉里,追逐地平线如追逐公义,穿过夸父化成的树林,林中无桃,暗数处女化成了多少喷泉,喷泉仰脸对天祈祷,天只给她几片云影。

那些里程,那些里程呀,连接起来比赤道还长,可是没发现好望角。一直走,一直走,走得汽车也得了心绞痛。我实在太累,实在希望静止,我羡慕深山里的那些树。走走走,即使重走一遍,童年也不可能在那一头等我。走走走,还不是看冬换了动物,夏换了植物,看最后的玫瑰最先的菊花,听最后的雁最先的纺织娘。四十年可以将人变鬼,将河变路,将芙蓉花变断肠草。四十年一阵风过,断线的风筝沿河而下,小成一粒沙子,使我的眼红肿。水不为沉舟永远荡漾,旋涡合闭,真相沉埋,千帆驶过。我实在太累,太累。

说到树,那天在公园里我心中一动。蟒蛇一样的根,铁铸石雕一样的根,占领土地,竖立旗帜。树不用寻根,它的根下入泉壤,上见青云,树即根,根即是树。除非砍伐肢解,花果飘零,躯干进锯木厂,残枝堆在灶口。那时根又从何寻起,即使寻到了根,根也难救。我坐对那些树,欣赏他们的自尊自信,很想问他们:生在这里有抱怨没有?

想生在山顶和明月握手？想生在水边看自己轮回？讨厌，还是喜欢树上那一伙麻雀？讨厌，还是喜欢树下那盏灯？如何在此成苗？如何从牛蹄的甲缝里活过来？何时学会垄断阳光杀死闲草？何时学会高举双臂贿赂上帝？谁是你的祖先？谁是你的子孙？

湖边还参差着老柳。这些柳，春天用它的嫩黄感动我，夏天用它的婀娜感动我，秋天用它的萧条感动我。它们和当年那些令我想起你的发丝来的垂柳同一族类。它们在这里以足够的时间完成自己，亭亭拂拂，如曳杖而行，如持笏而立，如伞如盖，如泉如瀑，如须如髯，如烟如雨。老家的那些柳树却全变成一个个坑洞！它们只不过是柳树罢了，树中最柔和的，只不过藏几只乌鸦泼一片浓荫罢了！

你很难领会我的意思。我们都是人海的潜泳者，隔了一大段时间才冒出水面，谁也不知道对方在水底干些什么。在人们的猜疑编造声中，我们都想凭一张药方治对方的百病。我怎能为了到峨眉山上看猴子而回去。泰山日出怎能治疗怀乡。假洋鬼子只称道长城和故宫，一个真正的中国人，他的梦里到底有些什么？还剩下几件？中国，伟大的中国，黄河九次改道的中国，包容世界第二大沙漠的中国，却不肯给我母亲一抔土。我不能以故乡为墓，我没有那么大，我也不能说坟墓是一种奢侈品,我没有那么小。我哪有心情去看十三陵。《旧约》里面有一段话:生有时,死有时;哭有时,笑有时。你看,我的确很迷信。

选自《左心房漩涡》

土

华弟从一片白茫茫中醒来,他看见自己半埋在白茫茫里。忽然想起离家逃难,沿途白茫茫都是积雪,路旁雪堆里插着许多尸体,同路胆子大的人敢弯下腰去看,看其中有没有相识的亲友。而现在,白茫茫中,一对乌黑的眼珠也在俯下来看他。

"怎么回事?"他一惊。

乌眼珠一转,远了。那是一个护士。

半小时后来了一个装束入时的女士,讲话老腔老调,娴于应酬的样子。她来到床边,不等寒暄,先在床边仅有的一把椅子上坐好。护士站在椅后，转着少女特有的带稚气的乌溜溜的大眼。

华弟在死鱼肚一样的白色中望见女宾身上的花绸和护士两颊的胭红，觉得恢复了生气。可是他一点也猜不出这位女客的来意。

"你觉得怎么样？"她问。

态度随随便便，完全是熟朋友的样子。听声音，华弟也确乎有似曾相识之感，可是，看面容，无论如何想不起她的名字。

"我刚才昏了过去，是不？"

"今天中午我经过延平街，看见你躺在一大堆垃圾旁边，嘴上还戴着口罩。我打电话通知卫生局长，他立即派出来一辆救护车。医生希望你能住院检查，你要通知亲人吗？"

那么，她是一个陌生人了。华弟的第一个感觉是在陌生的她之前，被直挺挺抬上救护车，真是一种丑态。接着他为"亲人"两个字感伤，连道谢都忘了，只黯然说：

"我没有。"

"没关系，"她爽快地说，"我们都是你的朋友。"用手指画一个弧，把护士画在弧内。"可以替你办住院手续。——你怎么会在这儿昏倒的?"

她究竟是什么人?可是华弟得先回答她的问题。"我去找一个瓶子,一个装药用的玻璃瓶子。现在里面没装药,装了半瓶黄土。你有没有看见?"华弟想,既然她从那儿经过,也许——

"没有看见。"

华弟不忍放弃万一的希望。

"一个玻璃瓶子,中西大药房的药瓶子,上面有药房的商标,中西两个字上下相连,像个牛鼻子。"

"中西大药房?"她疑惑地望望护士。

"我也没听说过。"护士说。

"这是一个老招牌,当年在上海很有名气,现在已经没有几个人知道。"

"这只瓶子很重要吗?"

"很重要。不是瓶子重要,是里面的黄土重要。当我离家的时候,爸爸妈妈最担心的一件事,是怕我在外乡水土不服。他们相信离乡背井的人会生一种奇怪的病,会瘦,会死,任凭什么医生也医不好,除非他回到家乡,喝家乡的水,吃家乡的土里长出来的粮食。如果不能回来怎么办呢?唯一的办法是找一撮家乡的泥土放在开水里泡一会儿,让病人把水喝下去。只要那泥土真正是家乡的土，一定可以把病治好。妈妈最相信这个，她非叫我带一点儿土不可。那半瓶黄土对我太重要了，我不能丢，无论如何不能丢。"

护士开始插嘴："土里面有很多细菌，怎么能泡水喝呢？太可怕了。治病还是要靠现代医学。天气这么热，你何必再找那瓶土？"

一句"天气这么热"使华弟回到夏天。今天的确热，气象所说是入夏以来最热的一天。他在垃圾堆上弯腰找瓶子，出汗太多，心跳头昏，加上垃圾蒸发出来的废气，跟口罩里的樟脑味混合在一起，往脑子里猛冲，终于使他失去知觉。不错，天气很热，可是瓶子不能不找，他着急地替自己辩护：

"怎么能不找？那是我家乡的土啊！那是一块上等的旱田，它上面有祖父和父亲的汗，有母亲的脚印。我母亲有胃病，长年吃中西大药房的胃药，她亲手把土装在空药瓶子里。在我的家乡，玻璃瓶也是好东西。母亲把土摊在白纸上，戴好老花镜看过，拣过，弄得干干净净，才往瓶子里装。我带着这个瓶子走过了七个省，最后越过台湾海峡。非找不可，我不要住院。"

那女士用手势止住华弟挣扎着要起床的举动，说：

"不错，非找不可。不过你的身体太坏了，还是我们来帮你的忙。我可以请卫生队长派十个队员，好好搜索那个垃圾堆。我是广播节目主持人，可以在节目里公开招寻你的瓶子。不过，你得答应一个条件。"

广播明星！怪不得声音很熟。

"什么条件？"

"躺在这里好好做个病人。你有病。"

"我没有病。"

"不要固执了，当心身体要紧。"

华弟觉得胃内翻腾，一侧身，朝痰盂里吐出一些酸水来。那一股酸味逼得他发抖。

"我好像是病了。"他说。

"放心吧！我的节目听众多，影响力很大。"她说。

广播明星临走的时候使了个眼色，护士跟出来。在病房外的走廊上，广播明星说：

"请你好好照顾他，把他说的每一句话，做的每一事都告诉我。他是很好的节目材料。我可以把他、把你都造成新闻人物。你会因此当选今年度最优秀的护士。"

"哟，我哪有那么大的野心？"护士两颊的苹果色更艳了。

"我回去安排访问。先要访问你的病人,谈他丢掉瓶子的经过。然后,访问卫生大队长,谈搜索垃圾堆的结果;访问你们的院长,谈病人的病情;访问他的同乡会长,访问他服务机关的首长。当然,还要访问你。我每天访问你,谈你对他的认识、观察和照料。如果可能,我还要访问中西大药房当年的老板。"

护士听得入神,两眼露出既兴奋又迷惑的光芒,以致广播明星不得不在临别时用大姐的姿势,轻轻拍她的脸,加重语气说:

"记着啊!跟我合作。"

华弟果然病倒。他不断呕吐酸水,饮食不下,像胃病,同时大便失常,像痢疾。到第三天,又加上头痛和发烧。

每次打针或服药后,他总忍不住对护士说:

"没有用的,这是水土不服,你们治不好我。"

每次,那护士总是用幼稚而又权威的口吻告诉他,他会好的。他该相信现代医学。

护士特地把自己的收音机搬来,让华弟听招寻的消息。那广播明星热诚地、焦急地反复呼吁,她说:"这里有一个人，生了怀乡病，病情一天比一天沉重，非常需要心理上的治疗。那立即见效的灵丹妙药也许在你的脚边，在你门口的废物箱里。"

每次听完广播，他总是说些灰心、绝望的话，认为万难有找回来的希望，等护士以一个十八岁的少女所能发出来的母性给他片刻的慰藉。

第五天，华弟看见厨房送来的稀饭，一阵恶心，大叫：

"不要！"

稀饭又端回去，护士来问怎么啦，他连忙拉起被单蒙在头上。

第六天，华弟床边挂上葡萄糖。针管插好，护士站在床边看液体流注的情形，华弟对她说：

"昨天为了稀饭的事，我很抱歉。"

"没有关系。不过你得勉强吃点东西才好。"

"昨天看见稀饭，我忽然想起家乡的一件事。"

她的黑眼珠由葡萄糖液转向他的面孔，很有一听的兴趣。

"我十岁那年，村子里忽然来了个流浪汉。他的鞋底绽裂，脚趾出血，一双腿又粗又大，证明他已走了很远很远的路。他说出来的话没有谁能听得懂，证明他的家乡离这里很远很远。

"这里不是他的目的地,可是,他实在走不动了,非停下来不可。他像乞丐一样褴褛,又没有一文钱,客栈老板不肯留他,叫他去住破庙。我们一群孩子围着看他,跟在后面喊他,他头也没回过来看一下,走到庙里,倒在一团稻草上,睡了。

"我回家说给妈妈听。妈妈说,好可怜,他吃什么呢?

"第二天中午,妈妈问我:那个可怜的人出来吃东西了吗?

"我摇摇头。

"妈妈盛了一大碗稀饭,要我双手捧着送去。那人仍然睡着,睡得很甜,好像连翻身都不曾有过。我喊他,见他不应,就把稀饭放在他身边,跑开了。

"午饭后,妈妈对我说:到庙里去把碗拿回来啊!

"那人仍然酣睡,一动未动,稀饭因为冰冷而显出凝结的样子,一个米粒也没短少。

"快吃晚饭的时候,妈妈又说:到庙里去拿碗啊!

"我去了,空着手回来,因为碗里仍然满满地盛着稀饭——米粒完全沉淀,上面一层银灰色的汁。

"妈妈出了一阵子神,问爸爸:那人怎么了?病了吗?

"爸爸从庙里带回来坏消息：那人病得很重。

"爸爸请一位中医去看病，回到我家开方。中医不住地摇笔杆儿，笔尖离纸两三寸高。他说，这是水土不服啊！谁能治得了？

"他摇着笔杆问爸爸：你以为我是神医吗？

"爸爸说，死马当活马医吧，我们能眼睁睁看着一个外乡人死？

"中医又踌躇一番，然后一口气写下药方。他说他捐出药来，要我爸爸捐一床旧棉被。

"中医说：快写信告诉他的家人，叫他们从家乡带土来。接着，他又说，信太慢，怕来不及，应该打电报。

"打电报？他的家在哪里？谁也听不懂他的话，怎样去问他呢？

"爸爸去找瘸爷。瘸爷是一个还乡的老兵，吃了二十多年军粮，到过天边地界，各种方言都听见过。他很神气地说：没问题，我是李太白，通八国的英语。

"爸爸打电报给那人的哥哥。以后过了许多天——我说不出究竟是几天，有一个外乡人来找爸爸，一个胡子和头发都有些灰白的小老头儿。我们也听不懂他的话，可是爸爸一看见他，就明白他的来意。

"爸爸带他到庙里，我自然跟着。

"一路上，这惹人注目的异乡人招引了许多人跟在后面。

"当我们送药的时候，送饭的时候，送棉被去的时候，那流浪汉只用忧虑的疲乏的眼神望一望，一点激动或感谢的神色也没露过。现在，他望见哥哥，蓦地坐起来，像个健康的人那样坐得笔直。他的哥哥扑上去，兄弟俩抱在一起了。

"他哭出声音来。一面哭，一面诉说。

"他哥哥也一面说话，一面哭。

"声音愈来愈响亮，愈来愈急促。谁也听不懂他们的话，只能听懂哭。

"不久，弟弟的声音噎住了。

"哥哥独自喃喃了一阵，也止住。他发现弟弟已经断气。

"于是他号啕大哭。爸爸拾起我的手往外拉。我望见一只野狗在舐那只业已空了的稀饭碗，爸爸一脚把碗踢得老远，踢进荒草丛里……"

护士眼睛低垂，说：

"这个故事太悲惨，你不该讲这样的故事。"

一宵暴雨,早晨,护士来打开窗子,清凉的空气流泻进来,阳光镶上屋脊,令人爽快。华弟觉得今天是个不同的日子。

"有我的信吗?"他问护士。

"半小时后,第一班邮差才来。"

他不停地看表,等到二十五分钟过去,就迫不及待地走到大门口去等信。经过走廊的时候,他看见草叶上水珠里的虹彩。

等了十几分钟,不见信差,自己先觉得累了,又慢慢沿着走廊走回。虹彩已被蒸发,他在窗子外边望见他的床周站满了护士和病人,好像有一个重要的病人躺在那张床上断气。

他走进病房,那些人立刻离开空床,把他围住了。

护士把一只小小的木匣送到他的鼻尖上,愉快地说:

"恭喜你!有人给你寄回来了。"

他嗅到类似棺材的气味。

当木匣快要打开时,他心跳如捣,木匣打开,瓶子露出来,又是一片恭喜声。

眼睛已经看出那不是中西大药房装胃药的瓶子。中西大药房的瓶子瘦长,眼前的这个瓶子扁平,而且形状像琵琶。

可是耳朵仍然为他听到的佳音空高兴。

"弄错了,这不是我的东西。"他终于宣布,弄得大家很失望。

幸而瓶子以外还有信。写信的人是一位战士,他说,他到华北沿海去完成一项任务时,顺手装了一瓶土回来。他认为,那地方虽不是华弟的故乡,但距离究竟很近,而且陆地相连,这土一定能代表家乡。

这封信把大家的话题转移到军人的英勇上,每个人都能说出几件军人冒险犯难的故事,兴高采烈,使病室里又充满了生气。华弟想,在危机四伏的地方,这位战士还肯为我的事分神,太令人感谢了。他仔细把玩那瓶子,瓶里装满了黑色的土壤,土里混着沙和碎石屑。他觉得它不像自己失掉的土那样漂亮。

两星期后,华弟的脸上瘦出棱角来,他天天盼望找回那只失掉的瓶子。如果没有家乡的黄土,他想他是完了。

为了耸动众人的听闻,广播明星在她的节目里反复强调这一点。医生似乎稍稍受到她一点影响,这几天,他来查病房时总忘不了问华弟:

"黄土找到了没有?"

真正的家乡泥土没有找到,好心的听众们却送来各式各样的代用品，华弟床头的小几上摆满了这些东西，已经没有余地放热水瓶。

晚间，护士来说："你应该给他们回信了。"

真的，应该，护士已催过几次。

他点头，双手拣起一只圆筒形的瓶子。它特别大，玻璃晶莹明亮，里面装满了黄澄澄的土，乍看像一截木材做成的圆柱。瓶子外面贴着标签，记明土壤的重要成分和装入的年月日。

一个研究生翻查资料，找出前辈专家对华北土壤所做的分析。他在实验室里为华弟如方配制，他说，用科学的态度看，这才是真正的华北黄土。他在配土的时候特别多放了一点盐分，用以纪念华弟家人在这块土地上所流过的汗水。华弟很容易看出那黄色是用色素染成的，他不喜欢。

护士把录音机准备妥当，请华弟说话。

"我说什么好呢？我只能说，这一瓶配出来的黄土里面还缺一样要紧的东西。当初，我的妈妈把黄土放在白纸上摊开低下头去审视的时候，有两滴眼泪落在土里。那半瓶黄土里有不朽的母爱，这一大瓶里却没有！"

他换另一只瓶子，一只小巧精致的瓶子，原来是装香水用的。信的字迹也很娟秀，第一句话就声明自己是个女孩子。她从农场附近的小河旁边掘了一些干净的泥土,她问广播明星:为什么这位华弟先生没有发觉这儿的土地可爱呢?为什么他嗅不到这儿的泥土的芳香呢?这土壤形成美丽的景色,熟透了甘美的果实,他为什么不看重他现在所能有的呢?

"这女孩好可爱!你怎样答复她?"护士说。

"当我在初中二年级读完中国地理的时候,地理老师问全班同学:哪里是全国最好的地方?

"全班陷入沉思。有一个最顽皮最不用功的同学高声说:中国最好的地方就是我的故乡!

"我以为他将受到申斥,不料老师的反应很平和。老师点点头说:诚然,诚然,这是标准答案!"

护士关上录音机,说:

"有一件事我没告诉你,我跟你是同乡。"

"同乡?"

"小同乡。"

华弟注视她,像从未见过她一样。

"我看不出来。"

"我从来没有到过家乡。家乡真有你说的那样好?"

"当然。"

"即使它真有你说的那样好,我也不会去想它,因为我没有见过。我从来不会为了它做梦。我住过很多地方,每一个地方都不是我的故乡。我是没有故乡的人。

"自从见到你以后,我知道有故乡的人很苦,我比你们好些,我没有乡愁。"

"你很幸运,可是我不羡慕你。"

"每一个地方都有它的缺点,难道故乡没有?"

"也有。"

"你该多想它的缺点。"

"我想过。我想起当我十岁的那年,也是夏天,有一个牧师从城里来传道,我觉得他又唱又念很有趣,就跟着他走来走去。中午,一个教友招待他们吃午饭,主人和客人围着饭桌坐好,牧师带领大家做祷告。当他们祷告完毕,睁开眼睛的时候,饭桌上的菜盘里密密麻麻落满了一层苍蝇。牧师伸筷子去夹菜,轰隆一声,苍蝇向四方飞散,就像盘子里起了小小的爆炸,牧师这才发觉是怎么一回事,他的筷子在盘子里停住了。可是主人殷勤让客,牧师欲罢不能。我记得清清楚楚,牧师闭上眼睛,大喊一声:'求主保佑我们!'夹起菜,很勇敢地放进嘴里。这一切,就像在眼前刚刚发生一样。"

"哎哟！"护士轻轻掩住鼻孔，很难为情地说，"这样的地方怎么能住？要是我，这一辈子都不回去。"

"我因此更要回去。这是我们彼此不同的地方。"

广播明星一进病房，就兴冲冲地对华弟说：

"恭喜你，你的气色好起来了。"

华弟摸摸自己的面颊："我觉得很弱，精神比刚入院的时候差得多。"

"不，经过两个星期的休养，你的精神比以前好。医生说，没检查出你有什么病，我们都可以放心了。"

"可是我又加上失眠——"

"那是心理的问题，能放开一点自然会好。"

"你刚才一进门就说恭喜，吓了我一跳。我以为东西找到了。"

"失之东隅，收之桑榆。"广播明星笑吟吟地指着小几上的那些瓶子。"本来，丢掉的东西很难再原件找回来，如果那是好东西，拾到的人想据为己有；如果那件东西微不足道，又没有谁肯去拾它。"

华弟听出来她有放弃搜寻的打算，惶惶然问：

"那，怎么办呢？"

"我不是说过吗？收之桑榆。有一位小姐来信劝你珍惜眼前所能有的东西，她的意见很好。你可以在我的节目里宣布接受她的意见。我可以把她请来，让你们在节目里见见面，彼此做个朋友。这件事情可以有开头，有高潮，有结尾，皆大欢喜。"

华弟不解："有结尾？我的东西没有找回来，怎能算是有结尾呢？"

"既然找不回来，我们就得安排另一种结尾。"

"不，"华弟坚决地说，"我不要这种结尾。我宁可没结尾。现在谈结尾也太早，请你继续广播——"

"听众的兴趣不可能维持那么久。现在收场恰到好处。"她的语气也很肯定。

"我不能为所谓听众活着。"

"全体听众也不能为某一个人活着呀！"

他们之间忽然有了距离。这是他原来没有想到的。

只觉得心头绞得紧，没提防有眼泪。赶紧把泪源切断，端端正正仰卧着，把已经滚出来的泪珠盛在眼角里。

广播明星没有觉察，仍然用响亮而肯定的声音说："这是一个很难得的机会，很可能收到意想不到的效果。你一个人在外乡漂流，当然是寂寞的，如果有个知心朋友，就不会那样想家。我准备帮你这个忙，不过，别拖延下去把节目的气氛拖冷了,最好在这两三天之内。"

在走廊上。

"你看他会答应吗?"广播明星问护士。

护士摇摇她在帽檐下伸出来的发绺:"我不知道。这个人好怪,说的话做的事都怪,不像一个正常的人。这几夜,我送药去给他,都发现他没睡,眼睛睁得很大,很可怕。他会不会有精神病?"

"那或者不至于。我看这是一个很固执的人,固执得不通情理。听众本来是同情他的,可是现在,听众开始讨厌他了,已经有人写信来骂他。他太爱自己的故乡,惹起了别人的反感,别人会嫉妒他、歧视他。我不能让他把节目拖坏了。"

"打针、吃药都治不好他的病,他说,只有黄土。也许他的话是真的,我觉得很神秘。"

广播明星很舒适地打了一个哈欠,说:"这些日子为他的事,实在累了。"

有一个擦皮鞋的小孩,背着他的工作箱,在闹市里走来走去。他还没找到固定的码头,只好一面走,一面看别人脚上的皮鞋。

这天,他忽然看到地上有只玻璃瓶,装着一点黄色粉末。他听过广播,觉得它很像是别人要找的东西。拾起来细看,果然,玻璃上"中西"两字连成一体,的确像个牛鼻子。

唯一的疑问是里面的黄土不是半瓶,只有薄薄的一层铺在瓶底上。这也难怪,瓶塞已经没有了,装在里面的东西怎能不流出散失?

他拿擦皮鞋用的棉花把瓶口塞好,打开随身携带的收音机,正是那个广播明星播音的时间,他愈听愈得意,暗想:

"好呀,东西在我手里,终有一天,你会悬赏,看你悬赏多少,我再拿出来!"

一天又一天,他在一旁窥伺。他天天以为会出现赏格,可是没有。直到最后一天,没有。只好白白把东西还给他们了?他非常之不甘心地去找那家医院。

走进大门,进入一座很宽敞的大厅,里面人声嘈杂,脚步起起落落像雨一般打在光滑的地上。整座大厅很像那个拥挤着旅客、送行者和航空公司职员的飞机场。

正在东张西望,吱,吱,吱,医院的守卫穿着破旧的大皮鞋走过来,施出赶苍蝇的手势,说:

"去去!这里不能做生意。"

"我不是来做生意的。"

"唔？"守卫盯住那只擦鞋用的小箱。

擦皮鞋的孩子从小箱里取出玻璃瓶来。

并不伸手去接，守卫只从对方伸过来的手心里端详那瓶子。不错，上面有个牛鼻子。

等到看清楚了，再抬起眼来问："为什么不早点送来？"

"我今天才拾到呀！"

"赶快送到服务台。"

"是，是。等一会儿，我能不能给他们擦擦鞋？"他指一指排坐候诊的那些人。

守卫沉吟了一下："可以，你这孩子不坏。不过，我什么时候叫你走，你得马上就走。"

"当然！先给你擦一擦，好不？"他打量守卫穿的那双大皮鞋，擦一次，大概要用擦四双普通皮鞋的鞋油。

"今天不必了！"守卫扭头走开。

瓶子回到华弟手中时，他喘着气反复看它，用干干净净的手绢一再擦它，一双手对它忽而紧紧握持，忽而轻轻抚摩。他问自己，又像问别人："怎么只有这么一丁点儿呢？怎么只有这么一丁点儿呢？"

"这也够你喝几次的了。"护士说。

瓶塞也遗失了。华弟觉得这瓶子是个受尽折磨遍体鳞伤的游子,实在不忍心再拿那点土泡开水。

"怎么只有这么一丁点儿呢?"他一再这样说。

"现在要不要喝?"护士问他,那业已冷下来的热心又恢复了。

"也好。"他勉强这样回答。

"我得把门关起来。"她一面说,一面做了,并且拉下窗帘。"不能让别人看见你喝这种东西。医院当局如果知道了,会罚我。我实在有点好奇。"

说着,她熟练地、迅速地预备开水,铺一方白纸,把瓶子里的土倒出一点来。当她倒土的时候,华弟在边连连说:

"当心,当心。"

她左手端水杯,右手举起那一小方白纸。华弟说:

"等一等,让我看一看。"

他从床上坐起来。她把那一小方白纸举近他的脸。没有一层玻璃挡着,他觉得那土更亲切。他闻到香味。那是故乡泥土的芳香。这气味好像对鼻腔黏膜的刺激很大,忽然一阵发酸,忽然在不能控制的情形下打了个喷嚏,有鼻涕也有眼泪。

69

这一个喷嚏,把铺在纸上的一层黄土吹得完全飞到空中去了。

他连连说可惜,用拳头敲自己的鼻梁,愈敲愈酸。护士丢下水杯,阻止他:"你的鼻子出血了!躺下!躺下!"

他在躺下的时候,用手捂住鼻子,然后拿开,看鲜血污染了的手指。

经过护士的处理以后,他安静下来,翻来覆去看那只找回来的瓶子。里面仅仅剩下几撮土。良久,他把瓶子塞在枕头底下,对护士说,一句一句很坚定地说:

"生死有命,这点土我得留着。我的病交给现代医学。"

选自《单身温度》

乡心一片

晚餐赴乔府之约,在座者都在八十年代有"还乡"经验,酒酣耳热,各诉衷肠。我自一九四九年后从未踏上大陆一步,一旁静听,算是补课。回家后作一小记:

由台湾还乡探亲,第一站是香港,到香港第一件事是买一本中华人民共和国分省地图,多处行政区域重划了,单凭过去的地图未必找得到老家。老眼昏花,地图一片模糊,但是老家的地名在自己眼中永远特别大。

落叶归根?别忘了有风,吹西风,他往东飘,吹北风,他往南移,当年的撤退和今天的还乡,都是不同的风造成的。

有一个老兵,他不知家在何处,不知道父母的姓名,他是军队在大撤退途中随手抓到的男孩，那时他的年纪那么小，台湾又离他的家那么远，从未遇见同乡。他在外面又是那么久，那么久，一直努力忘记自己的过去。

还乡的队伍里居然也有他。

这随风飘荡的人回家去，归路和来路同一条铁轨，当年沿线激战，只身幸免，不堪重温。中途夜宿做了一个梦，梦见新魄故魂聚集成军，一路打回去。醒来半窗残月，一身冷汗。

一辈子过去了，年轻的时候三十功名尘与土，不失为大丈夫，老来安置就养，三餐茶饭，一盏孤灯，都说是福，可是怎比那八千里路云和月？

回乡探亲，少年时的尘土又满脸满襟，四万八千毛孔舒适无比。又看见了少年时的田亩河溪，想起军中授田证引起的美梦。眼下田中禾苗招展，如沙盘上插满小旗，插满了！人家已经插满。

抓起土，盈盈一握，放开，犹如和朋友握别。朋友的手么，是不能握住不放的。

家乡人事全非，城郭也并不依然，许多事只能哭，不能问，还乡人除了大把美钞，还带来大把眼泪。

可是子孙一辈长大了，一排蔷薇颊，双目清如秋水，教人好生爱怜。往者已矣,他们的未来要紧,到了今天,政府希望他们有个走出悲情的父祖,还乡人除了眼泪,还带来微笑。但有时啼笑两难。

亲邻都来问讯,他们心平气和。料想他们火炼成丹,留得青山在,在现实生活中找到自己的生存智慧了。

政府部门接待还乡人的方式三分九等,总之,"坐,请坐,请上坐;茶,泡茶,泡好茶"。这是对离乡人的一次总评鉴,大检阅。还乡人自己知道自己的分量,家乡人也由此看出还乡人的分量,昨宵今日表情不同。

一连串酬酢展开,无酒不成席,每个人都认为自己家乡的老酒才是世上最好的酒。异乡似水,故乡似酒,异乡的酒似水,故乡的水似酒。

年龄老大,味蕾退化,瓜果梨枣都不似旧时滋味,只有酒气强烈,可以使乡梦复苏。可惜心脏血压不争气,只能浅尝即止了。

故乡是一杯只能浅尝的老酒。故乡是不能久驻的醉乡。"男儿志在四方"?男儿何尝甘愿!何尝甘愿!

破镜可以重圆,但是中间那条裂痕不会消失,圆而复缺,归是暂归,别仍长别,还乡人买的都是来回票。

探亲出于人道,然而人道并非幸福圆满之谓也。炎凉厚薄，酸甜苦辣，皆人之道、人所经也。国人安土重迁而又憧憬衣锦荣归，离乡还乡皆是大难之事。今有人焉，历经两难，可谓人之道尽矣。

乔府听还乡人诉衷情，作成笔记，意犹未足，又写了六首七言诗，志其始末：

其一
少年心事渐模糊　　石未斑斓海未枯
眼晕瞳花寻道路　　山长水远换舆图
其二
一叶飘飘性命轻　　归程仿佛是征程
大圆在上无终始　　北马南船四季风
其三
铁杵磨针针未成　　少年尘土老年灯
河阳阡陌纵横在　　那有井田学力耕
其四
椿萱摧折种芝兰　　昨死今生啼笑难
万姓几家称智叟　　不留块垒留青山
其五
沧桑历尽且飞觞　　说甚男儿志四方

弱水三千人未醉　　世间好酒出家乡
其六
世情如镜破难圆　　可惜今生未了缘
填海补天原是梦　　间关万里去复还

十年来，为了寻人、买书、找资料，给中国大陆的亲友故旧通信，书房内堆成"信冢"，足以污染空气，招引虫害。今天开始着手清理，挑出一部分来信分类保存。

一面回想跟大陆亲友通信的体验。

纽约写信用西式信封，自上而下，左上先写发信人姓名地址，右下再写收信人的姓名，姓名后才是收信人的地址，可以说跟中式信封传统写法的位置相反。中国大陆闭守二三十年，多少亲友从未跟海外通信，他们虽然用西式信封，仍是中国传统式写法，他们先在左上写收信人的地址，后在右下写寄信人的地址，次序颠倒。他们的信寄出家乡，到了大都市，邮局分信人一看，把发信地址当作收信地址了，又让这封信回到寄信人手中，我收不到他的信，他纳闷为什么他的信寄不出来。

于是我在给大陆亲友写信的时候附一个回信的信封，把双方的姓名地址打印妥当，供他使用。很久很久我才收到他的回信,发现他把我打好的发信人地址涂掉,写在反面封口的地方,大都市邮局分信的人匆匆一瞥,没有翻过来再看,又把发信地址当作收信地址了,就把这封由新疆寄出来的信又装进寄往新疆的邮袋,多了一番往返。

后来了解,那边的亲友寄航空信到海外,他得亲自到邮局办理,发信人地址写在信封背面,出自邮局柜台的指示。结果邮务人员发出新的指示:"重贴邮票,再寄一次。"

有些问题在美国算是隐私,而中国大陆亲友偏偏爱问。你一个月赚多少钱?你入美国籍了没有?你太太是不是美国人?等等。

如果你不回答,下次来信还是要问。

如果你想向他打听一些讯息,你这才体会到什么是守口如瓶。

我曾向某甲打听某乙,某甲回信说不知道,后来辗转找到某乙,发现某乙就住在某甲隔壁。这是"文革"后遗症,在那"史无前例"的日子里,这两个人互相触及了对方的灵魂。

"文革"期间,有一个人被红卫兵揪出来,殴打、辱骂、监禁、公审之后,无处容身,他连夜逃到妻子工作的地方,在妻子的住处叩门，任他敲打呼叫，妻子坚决闭门不纳。后来"文革"的受害人一一平反，此人官复原职，他的妻子来叩门，他也任凭妻子敲打呼叫，置之不理。

我那些亲爱的大陆亲友，还有没有接受称赞的能力？

那些年，我那些亲友个个在数难逃，我在信上对他们以称赞表示安慰。那戍边屯垦的，我钦佩他们披荆斩棘；那困守家园的，我认为他们服务桑梓；那参军退伍的，我说"那美好的一仗已经打过"；那新迎出狱的，我说人常因自己的美德受祸。等等，等等。

我认为一个人在遭受长期的压抑藐视之后，这些话能使他们拾回信心，重新为自己定位。依照我们在外面所受的教养，一个人在接到这样的信以后，定要回信表示自己的感受，答谢对方的美意。

我错了。我那些亲爱的大陆亲友们，虽然他们楚越互不相识，贤愚互不相同，他们都像彼此约好了似的木然无声。后来我知道，他们认为我说的那些话都是讽刺。

这几年，那些与我同辈的人面临退休，我写信告诉他们，外面的人说，退休是人生的第二次开始，我们拿它当喜事处理。我说，人之一生，为名为利，为情为义，天天身不由己，所谓职业，乃是"拿人家的钱，做自己不喜欢做的事情"。一旦退休了，可以凭兴之所至，心之所欲，把平生想做、爱做而未做的事情做几件出来。

我说，退休以后的光阴才是我们的黄金时代，我们这时最成熟，最有智慧，最了解人生，最懂得欣赏自然。我们已从一切的迷惑、冲突、纠葛之中挣脱，而这样好的一段时间属于自己。

大陆亲友的回应是，"你说得对，人走到这一步，也只有做阿 Q。"

穷五日之力，把十年积件清理完毕，通信期间的激动悬念都成逝水，现在只留下嘴角的浅笑。

通信中免不了有些小小的馈赠，他们从未说一个谢字，甚至以后来信也只字不提，他们虽然经历各种改造，在这方面犹存古风。记得在我祖父那一代，大家的语汇中没有"谢谢"，谁那么没见过世面，三个核桃五个枣也要感激？人与人的情谊不因为有这一点礼品就增加，也不会因为没有这份礼品就减少。那时候，礼物送出去就是送出去了，对方收到了也就是收到了，送礼的人不可追问，如果中间经手的人把礼物吞没了，可能永远不会败露。那时候，他们假设中间人一定诚实。

有时候我寄去支票，估计十天可到。我再三叮嘱，收到支票立即回信，我再过十天，可以知道支票没有遗失，如果你二十天没有信来，我就到银行办理挂失止付，以防有人冒领。虽然解释得一清二楚，对方还是要等支票兑现才回信，他认为要手里握着钞票才算收到。在他那里，美金支票交给银行托收，至少要花一个半月。

有一次，我托老同学在当地报纸上登寻人广告，杳无音信，我只好另想办法。谁料一个月后我收到他寄来的报纸，事情业已办妥。我问何以不先给个消息。他说："你托我的事我一定照办，先回信做什么？你还信不过我？"

我和中国大陆隔绝太久，彼此的生活经验差别太大，没有默契，许多词句在我们中间有了歧义，我说的是这个意思，他听来却是那个意思。我跟他们通信的时候不断叮嘱：如果我的某一句话使你不快，请你务必想想那句话是否还可以有别的解释，如果一个字、一个词可以有两种解释，请你务必往友善的那一方面去想。

世上最便宜的东西就是邮票，"我在这头，你在那头"（余光中句），小小纸片，竟如一张魔毯。我在把信投入邮筒之前从不称重量，随心估算，邮票多贴，贴多了心安。看邮差在严寒中奔波，他们一个一个都是魔术师，有魅力。

收到北京上海来信，大陆的邮票越来越漂亮。六十年代的台湾，营造世界形象，也曾由邮票入手，低成本，高效应。美国邮票的设计显得笨拙，心不在焉，航空邮票尤其单调，他们也有漂亮的邮票，可是无法在一般邮局买到。

我去买邮票，希望在国内亲友的眼中，美国邮票不要输给中国。我精挑细选，贬多于褒，给邮局窗口一位黑美人深刻的印象。我问她要漂亮的邮票，告诉她让中国人也看见漂亮的美国，她拿出来的总是那一种，上面印着liberty，我总是摇头，她的反应是："哦！"

这一次，她把邮票拿出来，又收回去，她说："你曾经告诉我，中国人不喜欢这种邮票！"

我以顺藤摸瓜的方法找杨书质老师，没想到找到了杨疏之、杨树直、杨叔知、杨素芝，等等，闻风而来，语言亲切。他们都是得到当地侨务办公室通知：美国有个华侨找亲人，好像是找你？赶快写封信去。侨务工作做到这一步，只有佩服。不过这种情形到九十年代初期，就像翻书一样翻过去了。

摘录自《度有涯日记》

白纸的传奇

大约在我出生前一年,父亲到上海谋职。那时上海由一位军阀占据,军阀下面有个处长是我们临沂同乡,经由他们推荐,父亲做了那个军阀的秘书。

那时上海是中国第一大埠,每年的税收非常多,加上种种不法利得,是谋职者心目中的金矿宝山。父亲能到那里弄得一官半职,乡人无不称羡,可是,据说,父亲离家两年并没有一批一批款项汇回来,使祖父和继祖母非常失望。

大约在我出生后一年那位军阀被国民革命军击败,父亲在乱军之中仓皇回家,手里提着一只箱子。那时,手提箱不似今日精巧，尺寸近似十九寸电视机平面，厚度相当于一块砖头，这只箱子是他仅有的"宦囊"。

箱子虽小，显然沉重，乡人纷纷议论，认为这只随身携带的箱子里一定是金条甚或是珠宝。一个庞大的集团山崩瓦解之日每个成员当然抓紧最重要最有价值的东西，上海不是个寻常的地方啊，伸手往黄浦江里捞一下抓上来的不是鱼是银子。乡下小贩兜售的饼干，原是上海人拉出来的大便！

可是，我家的经济情形并没有改善，依然一年比一年"紧张"，遣走使女卖掉骡子，把靠近街面的房子租给人家做生意。乡人伫足引颈看不到精彩的场面，也就渐渐地把那只手提箱忘记了。

我初小结业，升入高小。美术老师教我们画水彩，我得在既有的文具之外增添颜料和画图纸。这时，父亲从床底下把那只箱子拿出来。箱子细致润泽，显然是上等的牛皮。

他把箱子打开。

箱子里装的全是上等的白纸！

那时候我们学生使用两种纸：一种叫毛边纸（我至今不知道这个名字的来历），米黄色，纤维松软，只能用毛笔写字；还有一种就是今天的白报纸，那时叫"新闻纸"，光滑细密，可以使用钢笔或铅笔。那时，"新闻纸"已经是我们的奢侈品。

父亲从箱子里拿出的纸是另一番模样：颜色像雪，质地像瓷，用手抚摸的感觉像皮，用手提着一张纸在空气中抖动声音像铜。这怎会是纸，我们几曾见过这样的纸！那时，以我的生活经验，我的幻想，我的希冀，突然看见这一箱白纸，心中的狂喜一定超过看见了一箱银圆！

当年父亲的办公室里有很多很多这样的纸。当年云消雾散，父亲的那些同事分头逃亡，有人携带了经手的公款，有人携带了搜刮的黄金，有人拿走了没收的鸦片，有人暗藏银行的存折。父亲什么也没有，特别打算什么也不带。

他忽然看到那些纸。

做一个读书人，他异常爱纸。这些在家乡难得一见的纸！紧接着他想到，孩子长大了也会爱纸，需要纸，各种纸伴着孩子成长。而这样好的纸会使孩子开怀大笑。他找了一只手提箱，把那些纸叠得整整齐齐，装进去。

在两个三代同堂、五兄弟同居的大家庭里，继祖母因父亲失宠而嫌恶母亲，可是母亲对父亲并没有特别的期望。母亲当时打开箱子，看了，抚摸了，对父亲说："这样清清白白，很好。"他们锁上箱子，放在卧床底下，谁也没有再提。

倏忽七年。

七年后，父亲看到了他预期的效果。我得到那一箱纸顿时快乐得像个王子。由于纸好，画出来的作业也分外生色，老师给的分数高。

高小只有两年。两年后应该去读中学，可是那时读中学是城里有钱人的事，父亲不能负担那一笔一笔花费。他开始为我的前途忧愁，不知道我将来能做什么。但是，他不能没有幻想，他看我的图画，喃喃自语："这孩子也许能做个画家。"

我用那些白纸折成飞机，我的飞机飞得远，父亲说："他将来也许能做个工程师。"

我喜欢看报，尽管那是一个多月以前的旧报。我依样画葫芦自己"做"了一张报纸，头条新闻用安徒生的《国王的新衣》，大边栏用司马光打破水缸。这又触发了父亲的幻想："这孩子将来也许能编报。"

有一次我带了我的纸到学校里去炫耀，一张一张赠送给同学，引起一片欢声，父亲大惊："难道他将来做慈善事业？"

父亲也知道幻想终于是幻想，他用一声叹息来结束。这时母亲会轻轻地说："不管他做什么，能清清白白就好。"

清清白白就好。我听见过好多次。

我写这篇文章的时候，母亲逝世五十年了，父亲逝世也十六年了，而我这张白纸上已密密麻麻写满了几百万字。这几百万字可以简约成一句话："清白是生命中不可忍受之轻，也是不可承受之重。"

虽然写满了字，每个字的笔画很清晰，笔画间露出雪白耀眼的质地。白色的部分，也是笔画。可以组成另一句话，那是："生命无色，命运多彩。"

选自《白纸的传奇》

第二辑 吾爱吾师

荆石老师千古

"天降下民,作之君,作之师",这句话已经被民主主义者批倒斗臭了,不过,小时候,我对这话深信不疑,那时候,我以为领导民主运动的人,也属于"作之君,作之师"一类。人虽然都是圆颅方趾,都属灵长类,二手类,怎么有一种人天生具有令人信服的力量,怎么有一种人,你和他一见面就觉得他影响了你?

后来懂一点美术,知道线条颜色怎样左右你的情感,我想,也许是那些人的肌肉骨骼模样轮廓恰好符合了美术上的某种要求吧。后来懂一点音响,知道什么样的声音能造成什么样的气氛,产生什么样的幻觉,我想,也许是那些人的谈吐言笑音质音色有某种魅力吧。为什么只有生公说法能使顽石点头呢，那秘密的力量一定藏在生公的容貌体态声调里。后来又知道，人的内在学养形之于外成为气质，气质可以有吸引力亲和力。种种如此，这人就不是寻常一人了，他就是造物有私，得天独厚了。

也许，我只能如此解释璞公荆石老师对兰陵人发生的影响。荆石老师排行居长，人称"大老师"，他有两个弟弟，二弟叫王思玷，人称"二老师"，三弟叫王思瑕，人称"三老师"。单看名字可以猜出这是一个不同流俗的家庭，依取名的习惯，"思"字下面这个字该是精致华贵富丽堂皇之物，他们三兄弟不然：一个想的是"璞"，原始石头也；一个想的是"玷"，玉石上的缺点也；一个想的是"瑕"，玉石上的斑痕也。他们想的是真诚的品德和行为上的过失。兰陵千门万户，如此取名字的仅此一家。

大老师首先影响了他的二弟，使二老师成为小说作家和革命斗士；接着影响了他的三弟，使三老师成为自学有成的经济学者。同时，他影响我们的父兄，并且办学校影响我们。我没见过他青年时期的照片，等我有幸"亲炙"的时候，他已过中年头发半白，手背上鼓起青筋，加上身材瘦小，名副其实地唤起"荆"和"石"的意象。但是，你绝不认为他是个干巴巴的老头儿，我从来没有这样的意识，我只感觉到尊严，权威，然而并不可怕。

那时，我们开始发展少年期的顽皮，但是，在他老人家上课的时候，我们是鸦雀无声的。那时，我们逐渐有了拖拉逃避的恶习，但是，他老人家规定的作业，我们是准时呈交的。他老人家从未大声呵斥任何人，从未威吓警告任何人，从未用体罚或记过对付任何人。可是我们总是用心听他的话，照他说的去做，唯恐自己太笨，又唯恐他对我们的期望太低。

那时，我们小孩子夹在大人的腿缝里仰着脸听高谈阔论，时时可以发觉大老师是家乡的"意见领袖"。我记得，小时候，夏天，有一位长辈在院子里乘凉，忽然看见空中出现了宫殿街道与人群。他以为南天门开了，他以为看见了门内的天堂，连忙跪下祈求神灵让他儿子做官。第二天，消息轰动全镇，但是大老师说，那不是南天门，那是光线折射造成的海市蜃楼，那根本是某地一座大庙的幻影。哦，原来如此！"南天门震撼"立刻消失。

那年月，江西斗地主，乡人皱着脑袋瓜儿想，想这是什么道理。"有人问过大老师吗？"据说有人问过，据说大老师面无表情，口无答语。据说大老师向某人说了八个字：

事有必至，理有固然。众家乡人只好暗自猜这是个什么理，这是怎么一回事。

敝族在明末清初昌盛起来，有清一代，出了五位进士，若干举人秀才，酒香之外，兼有书香。民国肇造，新学勃兴，我们家乡是个小地方，骤然跟新时代新潮流脱了节，幸亏还有青年子弟剪了辫子出去受教育，璞公玷公是其中之佼佼者。这兄弟俩本来是学铁路的，那时都相信"建设之要首在交通"，毕业后本可以在外面做官，可是那时做官，要陪上司打麻将吃花酒，替上司弄红包背黑锅。那时军阀混战，政局不定，一朝天子一朝臣，做官的随时准备另找职业。这兄弟俩一看，算了吧，不如回家办个小学。这个决定何等了得，弟兄俩承先启后，把文化的命脉在我们家乡接通了。

那时，家乡有四位有实力有声望的少壮精英支持办学，愿意跟大老师共同担任校董，他们的名讳是王思澄、王思庆、王思敬、王思璜。在他们的支持下，二老师亲自率众拆掉庙里的神像，改建教室。私立兰陵小学成立，大老师以校董主持行政，同时教国文教历史也教美术，除了音乐以外他都能教，是一位全能的教师。他和二老师自称义务教员，不支薪水，后来，与我祖父同辈的王松和来做过校长，松爷学贯中西，有领导才能，他也没拿过一文报酬。

通过教学，大老师把许多新生事物引进家乡。他引进注音符号，时间在国民政府通令正式以注音符号列入教材之前。拼音时，他先把前两个字母拼成一音，再用这个音去拼最后的韵母，可说是两段拼法，与各地流行的一次拼法不同。他似乎吸收了"反切"来推行拼音，这个两段拼法一直使用到"县立时代"，成为母校教学的一项特征。

他引进话剧，不仅剧本，还有道具服装布景效果一整套东西。他编写的《正义的话》，自己导演，演出一个纯朴的乌托邦，国王和农夫在阡陌间对谈，上下之间没有隔阂和压迫。

他引进木刻。他大概在一九二五年左右就把木刻列入美术课程。他要求学校供应木版和刻刀，只收成本费。学生把他刻成的作品拓下来，贴在木版上，描红一样照着刻，为了替学校筹款，他刻了一张很大的海报，画面主体是一把熊熊燃烧的火炬，火头上悬着一枚制钱，下面一行大字："就差这把火！"这种"诉诸群众"的方式，也是他第一个在家乡使用。

他引进荷马、安徒生、希腊神话和《阿Q正传》。他也引进了许地山。他本来不主张背诵，他以补充教材讲授《阿

Q正传》的时候，偶然赞叹"这样精炼的白话文应该背诵，值得背诵"，于是他老人家最喜爱的一些学生展开了背诵竞赛，几天以后，这一部几万字的中篇小说，竟有好几个人能够从头到尾一字不漏地背出来。这些先进学长也背诵了荷马的《奥德赛》。还有，我必须记下来，他老人家引进了马克思。朱子说，有个朱晦庵，天地间就多了些子；没有朱晦庵，天地间就少了些子，大老师之于吾乡就是如此！

大老师有反抗世俗的精神，不仅见之于还家不仕，拆庙兴学，还有很多行谊。例如他的书法。吾乡吾族以书法家衍公（王思衍）为荣，习字皆以衍公的楷书为范本。那时习字用毛边纸铺在范本上摹写，称之为"仿"，这底下的范本叫作"仿影"。衍公的墨宝并不易得，外人慕名求字，多半由他的得意门生（也是他的本家侄子）王松和以行草应付，颇能乱真。不过，若是本家子孙向老人家要一张"仿影"，几天内一定可以拿到真迹，不论远房近房，富家穷家，有求必应。所以家家有衍公写的"仿影"，收到仿影的人，多半以"双钩"描出轮廓，用墨填满，保存原件，使用副本；也有人并不那么讲究，直接使用真迹，墨透纸背，渐渐把仿影弄脏了。没关系，等到仿影脏到不能使用时再去要一张来。衍公写出来的仿影,近颜似柳,端正厚重,均匀整齐而又雍容大方,正是清代士子必习的馆阁体。族人在这一字体的熏陶中成长,写出来的字差不多同一面目,外人戏称"兰陵体"。那时,过年家家贴春联。旧年最后一天,家家都把春联贴好了,这时有个"非正式的节目",三三两两到街上散步,左顾右盼,欣赏春联林林总总,春联上的字天分有高低,功力有深浅,但同源共本,确有所谓"兰陵体"。大老师不学兰陵体,他写汉隶,不是因为写得好,而是因为要写得不同。

还有他主持的别开生面的婚礼。他的公子王纶和先生结婚,是吾乡一大盛事,世家联姻,郎才女貌,大老师改革了典礼仪式。大老师的故居在兰陵西南隅,与我家祖宅为邻,门前有一行槐树,乡人称他家为"槐树底"。我们两家门外有广场相连,平坦洁净,供收割庄稼使用,乡人管这种广场叫"场",阳平,读如"常",他家和我家一带地区统称"西南场"。大婚之日,"场"中肩并肩腿碰腿挤满了观众。我是那次婚礼上的小观众,并且努力挤进了大门,眼见拜天地废除了叩首,改用鞠躬。新娘似乎未用红巾蒙头,即使有,也老早揭掉了,新娘新郎当时就站在院子里照相,大老师挤在观众当中着急,认为新郎的表情生硬，需要改进，他老人家也许认为这张照片应该像他在南京上海所见，一双璧人露着幸福的笑容吧。

大老师"欲回天地入扁舟"，他老人家毕竟是"思想的人"，二老师才是"行动的人"，思想的人与入室弟子坐谈论道，行动的人提着头颅走向战场。大老师成为先进，二老师成为先烈。从二老师的实践看出大老师的观念典型在凤昔，古道照颜色。大老师如乳，二老师如酒；大老师如杜甫，二老师如李白；大老师如诸葛，二老师如周郎；大老师如史，二老师如诗。大老师三读《资本论》，赞成社会主义，欢迎共产党。我没听他亲口说，只听他的得意高足这么说，"槐树底"的子弟也这么说，人证凿凿，要怀疑也难。

我只知道大老师同情甚至尊重穷苦而又肯奋斗的人。有一个人，算来和大老师同辈，半夜起来磨豆腐，天明上街卖豆腐，他儿子在小学读书，成绩极优。当他的太太沿街叫卖热豆腐的时候，那些大户人家深以辱没了王家姓氏为憾，唯有大老师，若在街头相遇，必定上前喊一声三嫂子。这一声三嫂子出自大老师之口，给他们全家的安慰激励是无法形容的。

有一次，全县的小学举行演讲比赛，本校要派一名代表参加。为了选拔代表,各班先举行班内比赛,选拔好手,各班好手再举行校内比赛,产生本校的代表。比赛由大老师主持其事,他特别识拔一个叫管文奎的同学。管文奎的父亲去世了,母亲做女佣抚养子女,是真正的贫户。大老师认为文奎的演讲有"擒纵",抑扬顿挫,节奏分明,声音也响亮动听。文奎果然不负厚望,赢得这次比赛的亚军。

那时,兰陵的清寒人家有些是敝族的佃户或佣工,他们的孩子和"东家"的孩子一同读书,那些少爷小姐把阶级观念带进了学校。在那种环境里,连某些老师也受到习染,走在路上穷学生向他敬礼的时候,他忘了还礼。我们的大老师不是这个样子,大老师的儿子侄女也不是这个样子。

我只知道这些,别的全不知道,余生也晚,及门受教时学校已改县立,国共已分裂,江西剿共已进行,大老师思不出位,言谈绝不涉及国文以外。但是我想,他老人家那些"入室"弟子也许仍然有些"异闻"吧?其实,那时候,某种思想已经写入政府编印的国文课本,例如:春种一粒粟,秋收万颗子。四海无闲田,农夫犹饿死!例如:嫂嫂织布,哥哥卖布,卖布买米,有饭落肚。土布粗,洋布细,洋布便宜,财主欢喜。土布没人要,饿倒哥哥嫂嫂。这一类课文,与最早的"天子重英豪,文章教尔曹"固然反其道而行，跟稍后的"春游芳草地，夏赏绿荷池"也大异其趣。关心民瘼的大老师，对此也许不能"予欲无言"吧。

一个不可抹杀的事实是，七七事变发生，兰陵人奋起抗战，国共竞赛，各显神通，大老师最欣赏、最器重、最用心调教的学生全在红旗下排了队，他们的大名是：王言诚（田兵）、靳耀南（荣照）、魏洁（玉华）、杨泠（文田）、王川（生杰）、王秋岩（恩菊）、孙立晨、陈桂馨（德吾）、孙缙云、王立勋、管文奎。这些人都做了建造新中国的良工巧匠，其中王言诚、王川、靳耀南，更是劳苦功高。这，恐怕不是偶然的吧！

言诚先生说，大老师接受社会主义，他并非从阶级观点出发，他是从孔孟的仁爱和释迦的悲悯出发，他老人家认为儒家释家都空有理想，只有共产党能够付诸实行。所以，就让共产党来干吧！或者，大老师好比《新约》里的施洗约翰，在旷野里"预备主的道，修直他的路"，也许，大老师不像施洗约翰，他未能了解"那后之来者比我大，我就是替他提鞋也不配"。

回想起来，我并非大老师的好学生。那时人人称赞我的作文好，大老师却说不然。那时我们爱写抒情的散文，所抒之情，为一种没有来由的愁苦怅惘，不免时时坠入伤春悲秋的滥调。那是当时的文艺流行病，我们都受到感染，而我的"病情"最严重。那时，我已经觉察国家危难，家境衰落，青年没有出路，时时悲从中来，所以不能免疫。"愁苦之词易工"，我那时偶有佳作，受人称道，只有大老师告诉我们，这样写永远写不出好文章。他老人家说，文章不是坐在屋子里挖空心思产生，要走出去看，走出去听，从天地间找文章。天下这么多人你不看，这么多声音你不听，一个人穷思冥索，想来想去都是别人的文章，只能拼凑别人的文句成为自己的文章，这是下乘。

他老人家最反对当时流行的"新文艺腔调"，例如写月夜："一轮皎洁的明月，挂在蔚蓝色的天空，照着我孤独的影子。"例如写春天："光阴似流水般地逝去，一转眼间，桃花开了，桃花又谢了，世事无常，人生如梦。"当时，这种腔调充斥在模范作文或作文描写词典之类的书里。他不准我们看这些书。他老人家说，说书人有一种反复使用的"套子"，死学活用。说书说到官宦之家，大门什么样子，二门什么样子，客厅里挂着什么字画，摆着什么家具，有一套现成的说法，这一套可以用在张员外家，也可以用在李员外家；可以用在这部书里，也可以用在另一部书里。作文一定要抛弃你已有的"套子"。依他老人家的看法，学文言文和学白话文，方法大有分别。学文言是学另外一套语言，那套语言只存在于书本里，在别人的文章里。你必须熟读那些文章，背诵那些文章，才可以掌握那一套语言，你写文言文的时候，先要想一想你能够背诵的那些句子，把它从别人的文章里搬过来使用。你写的文言文是用古人的句子编联而成，颇似旧诗的集句。那时去古未远，大家对学习文言的过程记忆犹新，自然拿来用它学习白话文学。可是大老师认为这是歧途，白话文学的根源不在书本里，在生活里，在你每天说的话里，不仅如此，在大众的生活里，在大众每天说的话里。

回想起来，大老师这番教导出于正统的写实主义，是堂堂正正的作家之路，对我们期望殷切，溢于言表。可是，那时候，我并没有完全了解他的意思，我相信，别的同学也没有听懂。回想起来，这段话，也许是说给我一个人听的吧？遍数当年全班同学，再没有像我这样醉心作文的。可是，那时，我完全没有照他的话去做。

他说，文笔一定要简洁。国文课本里有这么一个故事：敌人占据了我们的城池，我军准备反攻，派一个爱国的少年侦察敌情。这少年在午夜时分爬上城头，"看见月色非常皎洁"。看见月色非常皎洁！全课课文只有这一句写景，大老师称赞这一句写得恰到好处。为什么到了城头才发现月色皎洁？因为这时他需要月色照明，好看清楚城里敌人的动静。他说，倘若由俗手来写，恐怕又是"一轮皎洁的明月挂在蔚蓝色的天空"，一大串拖泥带水的文字。受降城上月如霜！月如霜三个字干净利落，用不着多说。

他老人家的这番训诲，我倒觉得不难。我把这种写法首先用在日记上。我记下，参加一个亲人的葬礼，"四周都是哭红了的眼睛"，大老师给我密圈我记下，有一天因事早起，"星尚明，月未落，寒露满地，鸦雀无声"，大老师又给我密圈。通常，学生的作文都很短，老师总是鼓励大家写得长些。有一次，大老师出题目要我们比赛谁写得又好又短。题目是"我家的猫"。我写的是：我家的猫是一只灰色的狸猫，是三岁的母猫，是会捉自己的尾巴不会捉老鼠的猫，是你在家里的时候它在你脚前打滚儿，你不在家的时候它在厨房里偷嘴的猫，是一只每天挺胸昂首出去，垂头丧气地回来的猫。你说，这到底是一只什么猫？据说，大老师看到我的作文时微微一笑："这孩子的文章有救了。"作文簿在老师们手上传来传去，有人认为"的猫"两个字太多了，删掉比较好；也有人主张"的猫"很有趣，而且扣题，题目就是"我家的猫"嘛！

在那一段日子里,我对作文又爱又怕,怕我那些"妙手偶得"的佳句不能通过大老师的检验。有一次,我在作文簿上写道:时间的列车,载着离愁别绪,越过惊蛰,越过春分,来到叫作清明的一站。大老师对这段文字未加改动,也未加圈点,他在发还作文簿的时候淡淡地对我说:"这是花腔,不如老老实实地说清明到了。"又有一次,我写的是:金风玉露的中秋已过,天高气爽的重阳未至。他老人家毫不留情地画上了红杠子,在旁边改成"今年八月"。回想起来,大老师提倡质朴,反对矫饰,重视内容。他朝我这棵文学小草不断地浇冷水,小草受了冷水的滋润,不断地生长。这一番教导对我的影响太大,太大了。

二老师玷公完全实践了他大哥的文学理论。玷公一八九五年出生,一九二六年响应北伐起事战死,得年三十一岁。他在一九二一年至一九二四年间,也就是二十六岁至二十九岁之间,在茅盾主编的《小说月报》上连续发表了七篇小说,被茅盾惊为彗星。这七篇小说经王善民、靖一民两先生合编为《午夜彗星》一书,它们是:《风雨之下》,描写一个老农在天灾下的挣扎。《偏枯》,泥瓦匠因为瘫痪,不得不出卖儿女的故事。《刘并》,庄稼人受地痞欺负,无处申诉的故事。《归来》,"浪子回头"

故事的现代版。《瘟疫》，描写老百姓对军队那种入骨的恐惧。《一粒子弹》，一个农村青年热衷从军的下场。《几封用s署名的信》，一个下级军官怎样由升官发财的梦中醒来。七篇小说都是很完整的艺术品。一如大老师所主张的那样，这些小说的题材来自触目所及的现实，透过精细的观察而取得，摒弃了玄想梦幻；小说的语言因靠近日常生活而朴实真挚，不卖弄修辞技巧去刻意雕琢。更重要的是，作者玷公虽然是出身地主家庭的知识分子，却以无限的关怀描写了贫农下农的痛苦，这想必更是大老师所乐见的吧。

二老师提笔创作的时候，距离胡适提倡白话文学才四年，"新文学第一篇短篇小说"《狂人日记》发表后三年，许多小说家还不曾崭露头角，二老师居然能把短篇小说的形式掌握得如此完美，居然使节奏的流动、情节的开阖、情感的起伏三位一体，我们只有惊叹他的天才，惋惜他的天不假年！《小说月报》是当年小说作者的龙门，茅盾先生以小说祭酒之尊来此掌门，他根本不知道王思玷是何等样人，来稿七篇一一刊出，采用率百分之百。他又把七篇中的三篇选入《新文学大系》，入选比率为百分之四十。茅盾在《新文学大系》小说卷的序言里以一万九千字推介入选作品，玷公占了一千多字。由此可以看出，那时领导文坛的人，对于有潜力有发展而又符合意识取向的作家，是多么勤于发掘，乐于揄扬！深耕易耨，无怪乎有后来的遍野丰收！

那时白话文尚未成熟，二老师受时代限制，小说语言有生糙处（不是生硬）。方今白话文精雕细镂，熟极而流，又有故作生糙以示返璞的趋势，二老师的小说今日读来，反而别有风味。他苍劲似鲁迅，沉实似茅盾，《瘟疫》一篇显示他能写讽刺喜剧，《偏枯》《刘并》《几封用s署名的信》，都在结尾处显露冷酷中的人情，绝望中的转机以及最后可能有的公道。千里冰封，一阳来复，不似后来某些作品之赶尽杀绝，决裂到底。种种迹象，他本来可以成为伟大的小说家。可惜天不假年，他老人家三十一岁就因为响应北伐起义成仁了。

选自《昨天的云》

我的老师在金乡

当年我读小学的时候,有一位老师是山东金乡人,他指导我编壁报。金乡的吕凌飞馆长听说了,马上要我写一篇文章追记这一段因缘。

我是山东兰陵人,当时的行政区域属于山东省临沂县兰陵镇,我的母校叫作临沂县立第五小学。说起来是八十年前的事了,记忆已经模糊,但是那位原籍金乡的李老师,形象还很清楚,他身材比较瘦小,脸形额宽颊瘦,肤色白润,讲话轻声细语,像个江南才子。因此,当初听说他"也"是山东人的时候,不免有几分意外。

李老师,我已忘了他的名字,他并不是我的级任导师,也不在我们班上授课，只因为那一年学校规定高年级每一班都要出一张壁报，我们那一班推举我担任主编，校长请李老师到我们班上来指导，据说因为他对课外活动有丰富的经验，我这才有"亲炙"的机会。当时所谓壁报很像后来的大字报，字没有那么大，气势也没有那么雄壮，大体上是作文课的延长。那年我大概十岁，也许十一岁，李老师刚刚走出师范学校的大门，大概二十岁。那时正值七七事变前夕，局势万马奔腾，壁报也是我们宣泄爱国热情的管道。

许多事情已经记不清楚了，不过千真万确，李老师宣布壁报由全班同学集体创作，每人交一篇文章。他也告诉我，写文章并不能成为"每一个人"的事，我得结合班上有写作能力的同学，填补别人留下的空白，用今天的语言来说，要有一个写作班子。李老师给了我这样一个观念：事情是由少数人做出来的。这个观念对我影响深远。

壁报贴在墙上，面积很大，我们认为世上没有这么大的一张纸，我见过书法家写字用的宣纸，那是尺幅最大的纸，也是价钱最贵的纸。我们当时能够使用的纸张叫新闻纸，也就是印报的纸，整张报纸叫全开，裁成两半叫对开，这种纸到了一般文具店里已经变成十六开，也就是今天的打字纸。我得用这么小的白报纸编出贴满墙壁的大报。

怎么办呢，李老师有办法，他指导我先对这张壁报做出整个规划，何处是报头，何处是漫画，何处是新诗，何处是大标题，何处是小标题，何处是花边。然后化整为零，我把编了号码的白报纸分给好多位同学，每人写我指定的内容，他写的也许是半个标题半篇文章，也许是只有文章没有标题，最后按照号码聚零为整组成整张壁报。我决定之后不能临时更改，因为牵一发动全身，同学接到任务以后也不能自由发挥，因为一片变形整块七巧板拼不起来。李老师的这一番训练，也对我影响深远。

虽然我们的壁报只出一期，也得有个发刊词，我们中间哪有这样的大手笔？我去请李老师写，他欣然答应。我还记得，他写的发刊词很短，他说在大时代中，"我们"都是大海中的泡沫，一个泡沫没什么意义，许多许多泡沫融合在一起成为波浪，许多许多波浪融合在一起成为大海，海能载自己的舟，也能覆敌人的舟。许多波浪合在一起成为潮水，海潮雷霆万钧，扑向海岸，划出疆界，不容侵犯。许多记忆都模糊了，这一段发刊词还在我心中铿锵有声。

然后，经过许多疏忽和遗忘之后，我记得他对我说，下学期不来教书了。到哪里去呢，我这才听到"金乡"，在此之前，我对山东省的九州十府一百零八县所知甚少。我那时渴望对外通信，要了他的通信地址，暑假中，我一面看地图，一面给他写信。我那时不懂事，问他金乡是不是出产黄金，他说金乡不产黄金，产人心，产中国人的爱国心，比黄金更可贵。我写了好几封信给他，真难得他都有回信，可是我也只记得他这一句话了。

以后天翻地覆，我在颠沛流离中把许多难划难舍都抛弃了，也忘了他。现在命题作文，又为我晚年的回忆抹上一笔重彩。我很挂念，李老师的体质不算刚健，不知他能载得动几多愁。他也许是个共产党员，他对学生有那样的亲和力，对工作有那样的组织方法，对人生有那样的集体哲学，那时候，在我生长的文化环境里，只有共产党人具备。他至少也是个共产党的同路人吧？

一日是师，缘起不灭

抗战期间，我们在相当封闭的环境里上流亡中学，多少该看的书、该看的戏都没机会看到，文化知识相当贫乏，只有抗战歌曲，那些最出名的，最流行的，至今能留下来做音乐遗产的，我们大都学会了。这一项，我们算是赶上了时代。

这是音乐老师的功劳：先是王坚，后是杨奇英。论专业修养，王老师高些，论气质，杨老师平易些。他们对教育部规定必须要教的歌曲置之不理。

他们教的是："在那高高的山冈上，有我们无数的好兄弟。没有吃，没有穿，自有那敌人送上前。没有枪，没有炮,敌人给我们造。"节奏嘀嘀嗒嗒,像小军号带头行军,引发多少激情壮怀。"延水浊,延水清,情郎哥哥去当兵。……延水清,延水浊,小妹妹来送情郎哥。"曲调中有乡野的羞涩,都市的开放,战时的果决,平时的缠绵,唱起来三叹九转。"端起了洋枪土炮,挥动着大刀长矛,保卫家乡!保卫黄河!保卫华北!保卫全中国!"听听那排除万难、愈挫愈奋的气势。

王坚老师留下一首《我是太阳》:"在这个世界上,我骄傲我生为中国人,二十世纪,该有一页,我们与敌人的斗争史。"用忧伤的曲调,诉壮烈的行为,把口号提升为人性的宣言,永远永远感动我,对我后来的文学创作有重大的启示,我终身下笔未入八股教条之门,这首歌应该是最早的预防针。

论师资,杨老师苍白高瘦,肺活量小,音质也平常,还不及后来在陕南的那一位,可是好歌弥补了他的缺点,他一直受我们的欢迎。陕南的那一位受过真正的男高音训练,怎奈教育部连累了他,使他事倍功半。教育部规定必须要教的那些歌……唉,那些歌,今天连官版的音乐史里也多半不提了。

咳,别提那官版的教材:"大哉中华,代出贤能。"……

"国家至上，民族至上"……怎么能跟人家比，怎么能算是歌。一九四九年我去台湾，海峡两岸绝缘，绝对禁止再提起人家作的歌，我还会不知不觉自己哼出来，等自己听见，惊起魂魄，紧急噤声。三十年后我移民海外，我出版的《左心房漩涡》里面有一篇专写《我是太阳》和《黄河大合唱》对我们那一代的影响。

王坚、杨奇英两位老师都来自第五战区司令部文宣部门。当时国共联手抗战，第五战区司令长官李宗仁向中共倾斜，吸纳了许多共产党的人才，有人怀疑王坚是共产党员……杨奇英老师呢？他是吗？

国立二十二中的教职员很少关心学生，可是杨老师遇见我，总是温和地望一望我，点点头，使我受到很大的安慰。……更何况，有一次，他问我常常接到家信吗？……更何况，有一次，他看见我的棉军服露出一团棉花，就对旁边的一位女同学说："替他缝一缝吧，互助一下。"……更何况，我报名参加青年军，校医初步检查体格，发现我左眼的视力只零点二。杨老师安慰我：射击的时候，一向是闭上左眼瞄准。……更何况，他后来离开学校，到成都做公务员，还写信告诉我："'自学成功'是靠不住的，学校毕竟是读书的地方，离开学校，到社会上做事，心散了，为学就难了。"这封信使我心暖，心安，也心酸，我牢记他的教导，但是不能实行。到了后半生，我常常复述他的意见，鼓励在学的青年人专心向学，倒是不少人言听计从，完成了这一件终身大事。

他对我有很大的吸引力，有人说他是共产党，我曾忽然想过：如果他是共产党，我也跟着他去做共产党吧……

还有吴培申老师。

我该怎么形容吴老师呢？一言以蔽之，他像个大学教授。

那时候我们没看见任何一位大学教授。我们也没有看过话剧电影中的人物。但是大学教授在我们心目中有清楚的形象：温和、从容、有尊严、有书卷气、坚持原则、心忧天下，吴老师正是这样一个人。

吴老师的姐姐吴惠波，姐夫丁德先，都是本校的良师，若论受欢迎的程度，谁也比不上他们的这位老弟。那时有一门课叫"公民"，这门课极难教，也许只有吴培申先生能教得好。课不多，我们常常数日子，巴望上这堂课，几乎望眼欲穿。

这门课没有课本，笔记也有限，吴老师以近乎随笔、漫谈的风格授课，重启发，没有教条。举个例子，吴老师说：

在南太平洋岛屿上，美日两军对垒，美军见日军藏在战壕碉堡里避免牺牲，就想办法引诱他们出战。于是美军这一边有个会说日语的人高声辱骂天皇，日本官兵一听，是可忍孰不可忍，立刻跳出战壕，冲锋向前，结果被美军的火网消灭了。日本指挥官一看，这个办法不错。第二天，日军派一个英语流利的人在阵前大骂美国总统罗斯福，骂了半天不见动静。再骂，有一个美兵高声回答："你尽管骂好了，我们是共和党！"（罗斯福属民主党）

吴老师说，这就是美式民主的缺点，三心二意，力量分散。

吴老师在"权能分掌"的基础上引申，认为国家的力量来自"不"民主，阿斗越管事，诸葛亮就越难办事。国有外侮，倾力作战，绝不是谈民主的时候。他说"宋人议论未定，而金兵渡河"。那时希特勒、墨索里尼，都以专权独断使国家强盛，即使是美国，国会也自动停止若干权力，提高行政的职能。那时的中国有志之士也认为，要救中国必须接受某种形式的专制，有人投军，有人入党，心甘情愿献上个人自由。

既然没有课本，吴老师就随手撷拾新闻，把时事分析和公民训练巧妙融合。还记得，国民政府蒋主席前往参加开罗会议，英国首相丘吉尔、美国总统罗斯福一同出席。吴老师要大家猜：蒋先生穿什么样的衣服去开会？军服吗，不是，军服显不出蒋先生是国家元首。西服吗，不是，西服显不出蒋先生是中国的元首。

他说，蒋主席穿的是长袍马褂。

我们万分惊讶，帝制推翻了，军阀也打倒了，长袍马褂还存在？他说，长袍马褂是中国文官的礼服，他随便灌输了文化传承的观念。六十年代，台湾当局，正式规定用西服做公务员的制服，我想起吴老师，又吃一惊。这一次，我惊的是流年偷换，世事无常。

他的交游，遍及山东安徽的军政领导人，常常替学生解决困难。某同学的哥哥在某大学读书，病倒了，他随手写封便函，病人就进了医院。某同学的弟弟到后方来，在某处被国民党军队逮捕了，他进城打个电话，那个青年就恢复自由。

吴老师留给我们的形象，他穿长袍，戴呢帽，应是冬装。圆脸润泽，我们一见生欢喜心、亲近心。他讲话有魅力，内容魅力易得，声音魅力可遇不可求。他的课不多，我们翘首盼他，仰首看他，倾耳听他，低头想他，恨不能时时在他左右。

有人说，像他这样一个人，怎会来做中学教员呢？八成他是个国民党特务。那时我也曾偶然动念，如果他是国民党，我也跟着他做国民党吧。

咳，咳，我什么也没做，皇天后土，我什么都不是。

单汀秋教我们本国历史。他的名字到底是不是这两个字？难说。

名字有诗意，形貌全不像诗人。身材粗大，皮肤黧黑，目光呆滞，声音低哑，除了上课，总是沉默。

进了教室，他总是一言不发，先写黑板。战时艰难，教科书在当地翻印，只印了英文国文数学，其他课程要靠抄笔记。他写字快，工整，条理纲目清楚，教材内容全凭记忆，两手空空。

他讲课的声音没有抑扬顿挫，脸部也没有表情，只见又圆又大的眼镜片低昂闪烁。多年后也忘不了他的姓，"单"（單）字上头两个口，像他的眼镜片。

总觉得他胸中压抑着许多东西。有人说他交通大学毕业，当过某一火车站的站长，日本兵打过来，杀了他的妻子儿女。我们听了肃然，上他的课像参加某种宗教仪式。

有一次他讲到刘锜在顺昌抗金，南宋的顺昌就是今天的阜阳，我们的学校正好设在阜阳。他声音悠悠然，苍苍然。他说南宋委曲求和，对金自称属国，每年对金进贡五十万两，可是金国毁约，大军南下，一路上掳掠烧杀。他说得那么慢，不动声色，别有一种悲愤，说得我们每个人的脊梁骨都挺起来。

他说到刘锜。刘锜到顺昌的时候，金兵离顺昌只有三百里了。刘锜决定守城，金兵布阵，和守军隔河相望，刘锜别出心裁，替金兵搭了浮桥，欢迎敌人攻城。到夜半，刘锜派五百敢死队过桥偷袭，这一夜有大雷雨，闪电一个接一个，敢死队人涂了大花脸，口里含着哨子，手里握着刀。他们伏地不动，趁着电光一闪的那一瞬间起来杀敌。隔一段时间吹一下哨子，听哨音互相靠近，五百人始终互相支援。金兵在闪电中看见那些可怕的脸孔先着了慌，仓促出手，自相残杀，竟被这五百人打了个落花流水。我们听得入了神，单老师说到敢死队跳起来杀敌时，两眼突然圆睁，锋利有光，许多男同学不知不觉纵身欲跳，挥手作刀劈的姿势，一屋子心跳气促的回声。……唉，那堂课，老师口里说的是金兵，心里想的是日本兵，我们耳朵里听的是顺昌，心里想的是淞沪、台儿庄、长沙！

除了授课，单老师和学生没有任何接触。依今天的教育理论，好教师要和学生多沟通，对学生多了解，那时候不兴这一套，流亡学生十几岁就扛着那么大的压力，没个疏解。那时家长老师有一个共识，世上有三味药可以治青少年的百病，第一是用功读书，第二是用功读书，第三还是用功读书！一切烦闷彷徨都可以化解，不须依赖其他。

如果传闻是真，单老师有那么沉重的家难，再希望他和学生说说笑笑，也不近人情。他，一个伤心人，一个万念俱灰的人，教书能够从不请假，从不迟到，从不马虎应付，他付出的已经太多了！这是那个时代中国人的想法。

单老师立下的榜样是，沉默工作，逾量工作，用工作虐待自己，用虐待自己消灭痛苦。我一度模仿过他的样式。在他那个年代，这样的人是受尊重的，到我的时代，渐渐不然。

那时有位将领叫王仲廉，名气不小，几十年来报章书刊常有人提到他。一看到"王仲廉"，当然就联想到"李仲廉"。

李老师教我们国文。大约是保定、石家庄一带的人，那时，他的口音，我们认为就是标准的国语了。个子矮，不瘦，精力饱满，眼睛似乎有病，经常有几分眼泪模糊的样子。

他非常喜欢诗词，开讲之前，先在黑板上写一首古人的作品，由唐代边塞诗人到辛亥革命先烈，全是"战斗文学"。我喜欢"不破楼兰终不还"，喜欢"醉里挑灯看剑"，喜欢"男儿自古披肝胆，志士何尝惜羽毛"，喜欢"陆沉危局凭谁挽，莫向东风依断栏"。读在嘴里，热在心里，汹涌在血里，相较之下，国文课本里的"感时花溅泪""古道照颜色"就不够刺激了。

那些诗，越读越觉得"数理化非为我辈而设"，金革杀伐声里，容不下弦歌。

有一天"忽然"发现课文是"南将军歌"，南将军，指张巡手下的勇将南霁云，古今完人。安史之乱，尹子奇围睢阳，打了十一个月。张巡有时一天之内打退敌军的二十次冲锋，有时候连续战斗十六昼夜。粮食吃完了，吃草根树皮，吃战马，张网捉雀鸟吃，挖地捉老鼠吃。雀鸟老鼠也吃光了（他老人家忘不了加上一条小注：这就是罗掘俱穷），张巡下令杀自己的姨太太，吃完了姨太太的肉，吃城中其他的妇女，吃完了妇女，吃老弱男子。没有人反抗，没有人叛变，人人知道早晚也是死在敌人手里。我知道今天的人道主义者和女权运动家会怎么说，可是那时候我们只觉得壮烈，只觉得可泣可歌，只想下跪，睢阳城里人人可以封圣，连老鼠也该受我一拜。

接着谈到南霁云。张巡派南霁云突围到临淮求援，守临淮的贺兰进明不敢出兵，劝南霁云留在临淮做官，南将军拒绝；贺兰摆出酒宴来款待，南将军说："睢阳全城的人都要饿死了，这些酒饭我如何能下咽？"他左手扶在饭桌上，右手拔出佩剑，当场砍掉自己一个指头。这一剑砍下去，不知贺兰进明的反应如何，我们全班大叫，尤其是女同学。李老师掏出手帕擦眼睛，他经常擦眼睛，可是这一回显然不同。

呜呼南八真男子！南将军又回到睢阳，突破敌人的阵地，杀进城去。城破，尹子奇希望南霁云投降，南不肯，和张巡、雷万春一同被杀。呜呼南八真男子！单有这一句词还不够。单有这一首歌也不够，那首歌没骂贺兰进明，我们放声大骂。（奇怪，没人骂尹子奇。）给张巡、南霁云修了个庙也不够，我们想添上贺兰进明，让他永远跪在张巡、南霁云面前，当他是另一个秦桧。

回想起来，李仲廉老师有学究气，他重古薄今，引得我以后好几年都看轻了白话文学。

他本来在李仙洲的总部里当秘书，转到中学教国文，似乎是下放。李老师一点也没有失意的样子,"处江湖之远,不忘其君",一心以为他来教这门课,也是为李总司令。他和总司令之间有神圣的、无形的、直接的感应,怀着一份神秘的安慰。说起来,这是封建情怀,我早岁也从线装书里有熏染,因受教李老师而更为向往。四十年后,我写长篇故事《山里山外》,有一个人物使用他老人家的原型。不过,这时候我对那人生态度有了意见,我塑造的角色也就有了喜剧的意味。

选自《白纸的传奇》

小说女主角会见记

有些人，曾经对你很有意义，而今音容笑貌宛然，可是，你把她的名字忘记了，再也想不起来了。现在我要写，我怎么知道了她的名字又忘了她的名字。那时（我是说一九四四年），我们辗转传阅一本小说，也许不能算是小说，其中人物真名真姓，而且行文平铺直叙。书中的事件大意说，在上海某某大学，一个女生爱上一个男生，两人有了很亲密的关系，可是那女子负心别恋，可把那男子害惨了。写书的人就是那个"受害"的男生。所谓亲密关系也不过拥抱接吻。两人进过旅馆，那男生还算良心不坏，只写两人轮流洗了个热水澡，各洗各的。这种情节，今天看来并不足以撞击人心,然而那是一九四四年,在风气保守的内地,一个女子,和男人有了只有夫妻才有的接触,而又不嫁给他,就会成为道德的被告。所以,这本书虽然文笔平常,对那女子仍然有杀伤力。

那时我们还不能分辨有益的书和无益的书,或者说,我们还不能抗拒无益而有吸引力的书。我们对大都市、大学生一心向往,乐于搜集一切有关的道听途说。尤其是,众人言之凿凿,指证书中的女主角是我们一分校的某一位国文老师,这就陡然提高了这本书的"可读性"。我至今想不透在那交通困难图书缺乏的战时,这样一本毫无文学价值的书何以能流传到我们手中。"好事不出门,恶事传千里"难道真的成了传播的定律?

我和这位受谤的女老师有一面之缘。我第一次面对这样一位名见"经传"、饱受争议的人物,印象至今深刻。那本书已速朽,她的名字已失传,我们会面的经过也许能稍稍久远一些,因为其中有比较重要的东西。

且说这个星期天中午,从一分校来了两个女生,她们进了二分校的大门指名找我,一路问到教室里。那时男女同学极少往还,我们不知道怎样和异性相处,教育并不包括为女子做点小事情,献些小殷勤,女生微笑表示接受你的礼貌和善意。至于男女可以互相搀扶，可以低声耳语，对女子可以如对长姊如对弱妹，更是不可想象的事。那时有男生偷偷摸摸给女生写信，开头是"某某学姊妆次"，女生悄悄的回信，结尾是"小女子某某敛衽再拜"。

我的座位在教室最后一排。那两位女生走过来，我听见轰的一声，热血往头顶急流。她们之中较胖的一个说，外传我的作文成绩很好，她们的国文老师想和我见个面。我挺着脖子坐在那里，目不斜视。她在一张纸上写下那位老师的名字也写下了她们学校的名称。我看见名字更紧张得说不出话来，因为那位老师正是那一本小说里的女主角，她俩正是一分校的学生。

她俩走后，我才觉察同堂自习的男生女生低着头，屏住呼吸，没有谁的眼睛盯在书本上。我不知道他们听见了什么，回忆只有一片白茫茫。小说的女主角下凡了，我下个星期天去看她。她是那样一个人，据说有那样的恋爱经历，现在隐藏在我们中间，这次见面有窥探的乐趣。我马上想到窥探不是正正当当的行为。可是我又想到，她在一分校教书而能关怀二分校的学生，无疑是一位良师，"插柳学诗"时，线装书灌输我感激知遇的观念，我又觉得能和她见面是美好的经验。

我竭力回忆两位女同学的模样，好久，好久，才廓清云雾，显影定形。仿佛是一个高些瘦些，一个胖些矮些。仿佛是，比较瘦高的一位始终没有说话，也许她在用她的大眼睛说话，她的胖同学，脸庞比她大，眼睛却比她小。那时男女同学一律穿麻袋似的军服，女同学多半贴着衣领缝一块白布，外面露出两厘米宽的一条白边，她们爱美的天性，整洁的习惯，也只能在这些小地方流露出来，那大眼睛的女同学别出心裁，她在衣领边缘镶了一条阴丹士林蓝，特别清丽。这条蓝边明明白白，确凿无疑。

下一个星期天，我前往阜阳城南的后湖，一分校设在那里，有一位"爱情通缉犯"藏在那里。我一路揣想她是一个什么样的人：眼角眉梢吊得很高，说话的声音不由口腔出由鼻腔出，跷起二郎腿可以踢死苍蝇，喷出来的烟圈成串，每分钟换三次表情……可是，怎会有这样的国文教员？

袁世凯当权的时代，安徽出了一位督军，阜阳人，他爱置产盖屋，一分校的校舍，就是借用他家的庄园。现有的记录指控他横征暴敛，他留下的几个庄园就是证物。若非督军留下这个证物，一分校又向何处寄身呢？当年督军是否想过他只是给自己留下污点，却让后世非亲非故的人一面骂他一面享用他的遗业？

庄园没有围墙，却留下又深又宽的"护城河"。深宅大院，一路行来，记得有竹林，杨柳，鸟声，藤萝茂盛，秋千仍在。那女老师住在一所宽敞的瓦房里，独自一人，把屋子收拾得十分整洁，只是窗外树叶浓密，她无法驱走室内的阴暗。也许微近中年了吧，两腮的肌肉开始松弛，稳重和蔼的带鱼尾纹的眼睛如柔和烛光。一开口说话形象就更清楚完整了，缓和的宽厚的女中音，温热近乎母爱。我的推想完全错误。

落座不久，那天到二分校传话的两位女同学来了，仍然转动大眼睛，仍然露出蓝色的衬领。她们悄悄地旁听。一开始，我们稍稍谈了一下我的故乡。她没到过山东，听人说山东十分穷苦，露出关切的神色。那时代，人以地域歧视为乐，她竟然并不轻视我的故乡。我说平地人还过得去，山地日子难过。她说那还好，山东山地不知有多少矿藏，终有一天要勘探，要开采，山地人早晚要发大财。将来中国没有穷山恶水，穷山可以开矿，恶水可以发电，"河边出财主"这句俗谚也许要改成"山坳里出财主"。后来谈到作文。那时风气还不免重文轻白，我的丝毫文名正是由调动之乎者也得来。她说，以后不要写文言文了，以后的中国文学是白话文学。白话一样可以写得"掷地作金石声"，一样可以"悬之国门不能易一字"。以后的作家要用白话去"起八代之衰",去"管领风骚五百年"。这才是中国文学的香火传人。

当时,她的话,我想是真的,却不知如何去相信,因为我欠缺某些基本知识,只能对她的敬意又加了一番。我断定用她的名字编造爱情谣言的那男人是个恶棍,那人绝不可能比她更善良,更有教养。如果她有过情人,如果他们破裂,应该由那个男子负责。人在还没有弄清是非之前就决定袒护"自己人",所以绍兴师爷有"救亲不救疏"的定理,我有点动了义愤。

那天我们谈到两本书。罗家伦的《新人生观》正在风行,内地买书不方便,竟有油印本和手抄本。这本书中说,"生活不是肉感的,享受的。意志坚强的人绝对不怕毁灭,而且自己能够毁灭,毁灭以后自己能有更伟大的创造。"他问,"磐石之安"有什么意思?磐石是麻木的,没有知觉的。他说,如果安逸享乐是理想的生活,那么最理想的人生是做军阀的姨太太。很显然,这论调是那个时代的强音,在我们的学校里荡漾着回声。不过,书中有些不同的说法我一时不能调和,他说"弱是罪恶",弱者连累他人,要他人照顾他,把许多有为向上的人拉下来。可是,他又主张同情和悲悯。

墨家的执法人将自己儿子处刑,拒绝国王的赦令,大义灭亲,得到罗氏的肯定,可是,罗氏也教人亲亲仁民,敦亲睦族。书中高举理智、苦行、勇猛,却又说,"小红低唱我吹箫"也很好。

那天我提出这个问题。她笑了一笑,这是因为罗先生少写了几句话,那些热心介绍这本书的人又没有替他补上。她的解释好极了:罗先生的理想,是把青年造就成"完备的人",这种人,肉体精神,理想现实,公德个性,专业嗜好,都能有发展。这种人既能"磨刀入谷迫穷寇",又能"泣涕循城觅弃孩";既能"横眉冷对千夫指",又能"俯首甘为孺子牛";既能"躬耕草庐",又能"统师六出";既能留下《拿破仑法典》,又能读《少年维特之烦恼》。这种人可大可小,能刚能柔,这才可贵难得。她的解释好极了!

我暗暗思想:有完备的人就有偏执的人,到底谁是"偏人"?念头闪过,下面谈到《爱的教育》。她提起,有人批评亚米契斯的《爱的教育》太软,太感情用事,偏到一边去了。于是又有一个意大利人写了一本《续爱的教育》,他让主角安利珂生了肺病,到乡下去休养,由他的舅舅照料,舅舅教他劳动,教他凭意志过日子。他又偏到另一边来。《爱的教育》太软？像《少年鼓手》《少年侦探》，多么尚武多么爱国，难道还不够吗？哦，现在我们谈到重要的地方。爱国少年爬到树上去瞭望，他发现了敌人，敌人也发现了他，开枪射他，他中了弹，跌下来，亚米契斯居然没写伤口，没写流血。连衣服被树枝刮破了没有也懒得一提。然后，大军从他尸体旁边经过，向他致敬，军官把佩剑抛在他身上，将军把勋章抛在他身上，士兵把无数鲜花抛过去，聚成一座花冢。你想，画面多么漂亮！情感多么强烈！把我们每一个读者都软化了。可是，在前线指挥作战，将军怎会佩戴勋章？战备行军，士兵不许离开行列，何处采到这么多鲜花？这是用浪漫的手法，经营虚幻的气氛，给少年人甜甜蜜蜜的麻醉。少年人不会由这等文章得到面对现实的毅力。

到了必须告辞的时候，我只好走。我以最标准的姿势向她行了军礼，并把姿势维持到一分钟以上，以表示我的满意。那戴蓝衬领的女生始终没说一句话，我也就没向她告别。此行收获很大，但是不知为什么，总觉得还遗漏了重要的东西，还有事情该做没做。归途中，一阵子兴高采烈，一阵子又垂头丧气。

回到二分校，我知道该做什么了，我要烧掉那本谤书。这得先查明这本书为谁所有。我按照辗转传阅的线索逆向追问，竟找不出原始持有人，没有谁说"这是我的书"，也没有谁承认此书是由他自外引进。既是无主之物，那就更好办了，厨房里，每一个灶都像一座土高炉，灶底正奔腾着熊熊烈火。

那时，烧一本书是豪举。在机关学校的表册里，书是财产，销毁一本书要办种种手续，俨如卖掉一座房子。这本书是我手头上唯一的一本铅印的东西，我断然朝灶底一丢，看着那一卷黑幻化为一片红，全身霎时轻了好几斤，又好像重了好几斤。火过无痕，不会留下她的名字。

在空旷的操场里，我把事情从头想到尾。那女老师大概有过破碎的爱情，她的住所才那样冷清，态度才那样沉默，横看侧看，总是她受了伤，不是她伤害别人，至今没有温暖的家庭，却有我烧不完的谤书。谤书可以传万里，不能传百年，立意恶毒的作品会被时间淘汰，心伤也唯有时间可以治疗。人海险恶，破釜沉舟也未必能凯旋，真是可怕。

痛痛快快地把书烧了，怎么还不知足，还不快乐，难道还有什么遗憾？问题在那蓝色衬领。那项链似的一环似乎是蓝的，又似乎是绿的，我后悔没看清楚。

选自《怒目少年》

小说组的讲座们

我受教的那个"小说创作研究组"聘当时许多位"权威级"的人物授课，今天旧事重提，我首先想起胡秋原。

胡秋公了解俄国文学，行文如长江大河，可读性又甚高，我们靠他来纠正对官员的刻板印象。他那天的讲题是"共产党人心理分析"。

五十年代，共产党员是台湾小说的热门人物，我们学习小说写作，当然想了解共产党员是什么样的人。那时，胡委员是论说这个议题的第一人。

胡先生说共产党人宣扬集体主义，有自己制定的纪律，有组织纲领。

我一听，马上明白了，可是紧接着也糊涂了，国民党以台湾为根据地生聚教训，虽然使用的名词不同，究其实际，也在灌输自家组织纲领，我们塑造人物的时候，如何加以区分呢？我举手发问，那时候，我的言辞一定不够清楚周到，似乎引起他的误会（他也许把我当作故意挑衅的职业学生了吧），只见他两臂交叉，抱在胸前，神情十分戒备："依你说，应该怎么办？"

我赶紧表明我并不知道应该怎么办，我只是正在追求知识。他把手臂放下来。

三民主义理论大师张铁君来给我们讲"辩证法"，他分析了辩证法和"唯物辩证法"两者的差异。

那时，研究三民主义的学者派别分歧，有所谓唯物论的三民主义，唯心论的三民主义，唯生论的三民主义，心物合一论的三民主义。张铁君教授用儒家观点看三民主义，认为三民主义是中国固有文化的发展，独得蒋介石欣赏。孙中山先生当年说过，他的革命出自尧舜禹汤文武周公的一贯道统，蒋氏以继承这个道统自命。

张铁君先生讲辩证法，你当然不能请他"就小说创作的层面发挥"，我听了却能"从小说创作的角度吸收"。

听唯物辩证法，我忽然明白为什么有那么多小说家"左倾"。

依唯物辩证法，人和人之间有矛盾，有矛盾就有斗争，人有斗争历史才有进步。拿这一套来构思小说，制造矛盾就有了情节，双方拒绝妥协，情节就可以继续发展。

依唯物辩证法，人和人的矛盾会一步一步扩大，双方的冲突一步一步升高，即使有暂时的缓和，因为根本矛盾仍在，也只是酿造下一次更大的冲突。最后量变质变，到达"临界点"，所有的矛盾同时爆发，同时解决。拿这一套来构思小说，自然有高潮、最高潮。

人间的矛盾冲突在哪里？在"阶级"，"阶级斗争"凿开混沌，发现题材，茅盾巴金提供范本。我后来知道，大多数作家或"准作家"，他们最大最优先的考虑是作品如何写得成，如何写得好，其他都是次要，人人都是本位主义，作家并不例外。

空口无凭，天外飞来旁证，葛贤宁来讲小说，治安机关接到密报，他在小说组宣传唯物辩证法。国民党领教过群众运动的厉害，最怕集会结社，小说组是党国要人张道藩创办，而且由赵友培、李辰冬这样可靠的人经手，学员只有三十来个人，多年后得知，情报机构仍然派人参加学习，而且不止一个机构插手。"告密"引来调查，赵公应付有方，遮挡过去，葛先生愤怒痛苦，形诸文字，他和赵友培的关系出现裂痕，对小说组的同学也有了分别心。

那时我发现，评论家对别人的作品指出缺点的时候，要能同时替作家提出更好的设计，空谈作品"不应该"怎样怎样，只有增加写作的困难，引起作家的反感。你提出来的设计，名作家可能拒绝接受，正在成长的新作家一定乐意吸收，你只能在表现方法上帮助新作家一直成长，希望他将来不会离你的愿望太远。

我也知道当时没有人能够采行我的建议，幸而"江山代有才人出"，后来现代主义帮助作家跳出唯物辩证的怪圈。不过"否定之否定不等于原肯定"，现代小说对鼓励民心士气并无贡献。

一九五一年，张道藩虽然还没登高位，早已是个大忙人，他形容自己的生活除了忙，还有"乱"。难得他来小说组讲过两堂课，参加过两次座谈，还带着小说组的学员游阳明山，那时阳明山还是禁区，没有开放游览。

道公讲课难免有党腔官话，可是他在某次座谈的时候，显示他对艺术有高深的了解。那天小说家王平陵发言，他说学习写作不可模仿大师经典，"取法乎上，仅得乎中，取法乎中，仅得乎下"，怎样"得乎上"呢，他说要"取法乎下"。

什么是"取法乎下"？他没有说，那时以我的了解能力，"下"就是民谣小调，神话传说，野叟的笑谈，儿童的直觉，甚至包括幼稚的新手所写未入流的廉价读物，作家可以从其中得到新意。胡适在他的《白话文学史》里说，文学有生老病死，生于民间，死于文士之手。道公起立发言，他的说法不同，他说如果取法乎下，这个"下"就是人生和自然。人生和自然怎么会是"下"呢，那时的说法，作家从人生和自然取材，那是未经加工的粗坯，还没烧成瓷器。

许多年后，我忽然把道公的"取法乎下"和古人的"师造化，法自然"合成一个系统，所谓自然，并非仅仅风景写生，所谓人生，并非仅仅悲欢离合，人生和自然之上、之后，有创作的大意匠、总法则，"天地有大美而不言"，作家艺术家从天地万物的形式美中体会艺术的奥秘，这才是古人标示的诗外、物外、象外。作家跟那些经典大师比肩创造，他不是望门投止，而是升堂入室；他不再因人成事，而是自立门户；他不戴前人的面具，而有自己的貌相，这才是"上"。

国学大师、红学大师潘重规教授来跟我们讲《红楼梦》，我们听说过他在黄氏门下受教的故事，慕名已久。他讲话乡音很重，段落长，节奏平，听讲的人容易疲劳。他这一席话材料多，格局大，热情高，如同一桶水往瓶子里倒，瓶子满了还是尽情倾泻。

他的"红学"应该属于索隐派，他说《红楼梦》是用隐语写成的一部隐书，借儿女之情暗寓亡国的隐痛，贾宝玉代表传国玺，林黛玉代表明朝，薛宝钗代表清朝，林薛争夺宝玉，代表明清争夺政权，最后林输了，薛赢了，也就是明亡清兴，改朝换代。

我受胡适之考证派影响，对索隐派并不相信，可是那天我被潘重规搜罗的"证据"吓倒，他说《红楼梦》里有人称贾宝玉为"宝皇帝"，梦中鬼神也怕贾宝玉，说什么"天下官管天下民"，他说刘姥姥游大观园，指着"省亲别墅"牌坊，竟说那四个大字是玉皇宝殿。

《红楼梦》的作者自己承认他使用隐语写书，像甄士隐（真事隐），贾雨村言（假语村言），千红一窟（哭），万艳同杯（悲），三春（迎春、探春、惜春）去后诸芳尽。潘重规说，这些隐语摆在明处，为的是指示我们还有许多隐语藏在暗处，等待研究《红楼梦》的人找出来。他除了内证还有"外证",他举对岸文宣为例,国共内战末期,福建还在国民党手中,某一家戏院上演京戏,贴出海报,四出戏是"女起解,捉放,黄金台,汾河湾",戏码中暗藏解放军的标语"解放台湾"。

一九五一年前后,台湾治安机关患了严重的文字敏感症,好像仓颉造字的时候就通共附"匪"了。他们太聪明,写作的人也不可迟钝,你得训练自己和他一样聪明。那几年,我把文章写好以后总要冷藏一下,然后假设自己是检查员,把文字中的象征、暗喻、影射、双关、歧义一一杀死,反复肃清,这才放心交稿。那时,我认为处处反抗政府与处处附和政府都不能产生有价值的作品,作家无须闯了大祸才是第一流,"清风不识字,何必乱翻书",到底比"马鸣风萧萧,落日照大旗"低一档。

梁实秋教授讲"对莎士比亚的认识",名角大戏,无人缺课。梁先生沉稳中有潇洒。可以想见当年"秋郎"丰神。

听了这堂课,我对莎士比亚有如下的认识:莎翁能为剧中每一个人物设想,每一个人物都能站在自己的立场上充分发挥,所以他的戏"好看"。李辰冬教授主持口试的时候,提到作者得把自己分裂了、分给作品中的各个人物,我这才明白他的意思。第二天，我开始读朱生豪译的莎剧，一个月内读完全集，眼界大开。

梁教授告诉我们，莎士比亚的时代舞台条件简陋，表演各种受制。想必是这个缘故，许多事得由演员说个明白。莎翁台词冗长，剧中人表白动机，补述因果，描写风景，辩论思想，这些在现代戏剧中都是大忌，却是学习小说散文的奇遇。我喜欢莎剧台词中的比喻，曾经把全集所有的比喻摘抄出来，反复揣摩，功力大进。

正因为莎士比亚能为剧中每一个人设想，所以剧中人说的话未必代表莎翁本人的思想，我们引用哈姆雷特的台词而注明"莎士比亚说"，恐怕是错了，莎剧中的名言警句都可以作如是观。我们写小说也可以这样办，林黛玉尚性灵，薛宝钗重实际，两人各说各话，都不替曹雪芹代言，写散文就另当别论。我学写小说无成，专心散文，但小说的残梦未醒，常常在散文中行使小说家的这项特权。

师大教授李辰冬，他是一位忠厚的读书人，也许因为忠厚，他的口才平常。他担任小说组的教务主任，天天跟那些大牌讲座周旋，那时家庭电话稀少，彼此沟通要写信或是拜访，写信要起承转合，拜访要挤公共汽车，工作挺辛苦。

那时（一九五一）谈到青年文艺教育，人人要问"拿什么做教材"。当年谈文学必称鲁迅，谈小说必称巴金、茅盾、老舍，国民党撤到台湾以后，把这些人的书都禁了，家中有一本《子夜》都是犯罪，你怎么教？张道藩筹办小说创作研究组，先和李辰冬、赵友培商量这个问题，李公主张"学西洋"，他说三十年代的作家当年学西洋，我们今天可以直接学西洋，我们不跟徒弟学，我们跟师父学，徒弟能学到的我们应该都能学到，他们没学到的我们也能学到。他这一番话成为小说组的课程标准，并且影响国民党当时的文化政策。

小说组开课以后，这里那里有人写文章质疑：作家是可以训练而成的吗？我当时觉得奇怪，办小说组增加文学人口，文艺界人士应该乐观其成才是。文协无人回应外界的批评，李公胸无城府，有话直说，他表示文艺创作是可以学习的，莫泊桑就是福楼拜的学生，"李侯有佳句，往往似阴铿"。即使是李白也有个模仿的阶段。六个月后，小说组结业，小说作家兼专栏作家风兮讥诮我们："三十个莫泊桑出炉了，福楼拜在哪里？"他这篇文章出乎大家意料之外，因为他的女朋友也是小说组学员，是我们的五个女同学之一。凤兮主编《新生》副刊，常常照顾青年作家，他一出手，我们做人好不为难。

作家也需要训练吗？小说作家黎中天曾当面问我，那时他为广播写稿，也在"中广"公司节目部上班。我问他，音乐、绘画、舞蹈、戏剧都要经过一个训练的阶段，为什么你单单对文学怀疑？那时，"中央"副刊的孙如陵主编私下说了一句公道话："教育是提供一种可能，而非制造必然。"后来，这个问题跟大学的文学课程挂钩，争论了二十年，最后出现高潮，即所谓大学文学教育论战，赵公和我都参加了。后来有人追述其事，罗列参战的作家共三十八人，其实有几个是笔名。

李辰冬有两句话一直在我心中发酵。谈到文学的定义，他说文学是"意象用文字来表现"，他把"意象"放在前面，甚为独特。谈到文学的思想主题，他引用了一句话："艺术最大的奥秘在于隐藏。"这两句话在我心中合而为一。

什么是意象？那时没听到明晰的界说，有人只用一个"象"字，有人不用意象而用"形象"。我长年琢磨，"意象"应该不等于"象"，它是"意"加上"象"：意在内，象在外；意抽象，象具体；意是感受，象是表现方式。诗人的感受是：打击虽然严酷，人格依然坚持；诗人写出来的却是"菊残犹有傲霜枝"。"艺术最大的奥秘在于隐藏",也就是"意"隐藏在"象"里。有一年看电影《梵高传》,梵高自述创作心路,他说"我拆掉了感觉和表现之间的高墙",一语道破,豁然大悟,感觉就是"意",表现就是"象",梵高说拆掉高墙,我称之为"象中见意,寓意于象"。这时我这才知道什么是文学作品。不过这个"隐藏"那时也的确难倒了我。

王梦鸥教授向我们讲述写小说的各种技巧,单是景物描写就花了十个小时,包括实习。那时我勉强有议论叙述的能力,完全没有描写的能力,我必须越过这个门槛,才算迈进文学的大门。依梦老指示,描写风景要用几分诗心诗才,我因此重温唐诗宋词,我首先学会的就是诗词中组合实物的方法,例如"鸡声茅店月,人迹板桥霜",例如"枯藤老树昏鸦,小桥流水人家",梦老称之为"布景法"。

梦老另一重任是主持分组指导,我正好分在他那一组,记得同组者有程盘铭、施鲁生、罗德湛……人数少,议题集中,注意力也集中,留下很多亲切的回忆。我的追求偏重表现技巧,梦老在抗战时期曾经参加戏剧工作,戏剧极其重视每一场演出的效果,没有"得失寸心知"那回事,因之戏剧集表现技巧之大成，没有"行云流水"那回事，梦老所掌握者丰矣厚矣。梦老常说，戏剧用霸道的方法，小说用王道的方法，我的理解是：戏剧技巧丰富，写小说用不完、也不需要那么多，只消搬来一部分就可以解决问题。因此我勤读剧本，我工作的地方（广播公司资料室）藏有许多许多剧本，大半是三十年代的作品、五十年代的禁书，我得到了益处。

梦老把梅里美的小说《可仑巴》译成中文，正中书局出版。这是一个复仇的故事，卷首两句题词："恩仇不报非君子，生死无愧有女儿"，对仗工稳，应是出于梦老手笔。这本小说有谨严的戏剧结构，情节集中，高潮迭起，堪称为小说和戏剧的美妙结合，梦老选译这本小说，大概也是有心吧。我喜欢这样"王霸互济"的小说，甚于喜欢那种江河横流、首尾不相顾的小说，我反复研读《可仑巴》超过十遍，我当时的梦想就是写出这样的小说……

一九六四年，帕米尔书店出版王梦鸥教授的《文学概论》，读这本书，我得以把我对文学的认识作一整合，也看到了艺术的高度。我常常提着两瓶屈臣氏橘子水到木栅拜访梦老，掏出书本，提出看不懂的地方，他总是回答我的问题，不厌其烦。梦老曾说，这本书的名字一度定为"文学原理",没错,他是把"原理"拿来"概论"了一番,高山仰止,景行行止。后来我觉得文学艺术也像宗教一样,瞻之在前,忽焉在后,无所不在,无迹可求。再到后来,天国的至美,上帝的至善,永不可及,永远是我们内心秘密的安慰。一九五五年《文学概论》的增订本由"时报"重新印行,书名改成"中国文学理论与实践",仍然很谦和。

赵友培教授是小说组的总务主任,我们背后尊为赵公,他担任行政管理工作,反应敏捷,办事井井有条。他的朋友虞君质当面笑他:"如果国民党万世一系,你的长才一定前途无量。"

他多年从事青年文艺工作,循循善诱,使我想起夏丏尊。我感念夏老,却没见过夏老,我觉得赵公很像夏老,他指导文艺写作更精到完整。那时我立志做另一个夏丏尊,赵友培证明世上可以有第二个第三个夏丏尊。那时指导青年写作的书难找,艾芜的"文学手册"只有一些简明的常识,夏丏尊的《文心》启发性大,全书程度忽高忽低,力行颇为坎坷。赵友培把创作活动分成六个要素,把这团乱麻整理出头绪来,既利初学,又助深造,由入门到入室不离这这门功夫,我在好几个地方介绍他的理论,帮助了许多人。

创作活动的六大要素是：观察，想象，体验，选择，组合，最后加上"表现"。我曾把这六要比作佛家的"六度"、画家的六法，任何宗派都列为必修。赵公教我们用各种方法训练观察和想象的能力，我一一照办，随时东瞧西看，掏出日记本或小卡片记录，因此曾引起特务的注意，一路跟踪到办公室。对于"选择"，我常常默想老子出关为什么骑牛，而且是青牛，他为什么不骑马。丁公归来为什么化鹤，他为什么不化鹰。庄周为何梦见化"蝶"，东坡为什么幻想乘"风"。传说李白捉月淹死，杜甫饥饿中撑死，两人的死因为何不能调换过来。没有这六要，文学写作要靠"生而知之"，有了这六要，文学写作就可以"困而学之"。

选自《文学江湖》

师造化，法自然

朋友中有位老诗人，困居纽约曼哈顿上城，知音渐稀，怏怏不乐。我陪牧师探望他，劝他一读《圣经》。

几个月后相遇，谈起《圣经》，他说看了二十多页再也看不下去，那几页记载的正是所多玛城毁灭，罗得一家上山避难，后来罗得的女儿和父亲乱伦，传宗接代。老诗人说：《圣经》怎么可以有这样的内容！

我劝他继续看下去。两个月后我们又见面，他说《圣经》读到两百页，又放下了。那一卷是《申命记》，专记古时候上帝给以色列人的命令。老诗人说，上帝的命令怎么那样不合理？

这个问题很难回答，那天我忽然有了答案。我说《圣经》有一条主线，要循着主脉一直往下读，不可为枝节所误。我说这好比长江，长江全长六千三百公里，流经八个省份，沿岸有许多支流湖泊。读《圣经》是驾着一条船，由河源驶向大海，行过许多出水口和入水口。如果你为水口吸引，驾船进入，溯支流而上，势必水面越走越窄，河床越走越浅，以至无路可通。

《圣经》的主脉显示：创造，犯罪，替死，悔改，救赎。《圣经》借着犹太人的历史展示人类历史的轨道。亚当夏娃出世，这是创造，吃禁果，失乐园，这是犯罪，基督上十字架，为救世人，无罪受死，促使有罪的人忏悔，蒙恩得救。

看大历史，"封建"本来也是一种创造，在封建主义的时代，用手工业生产，"一夫不耕，或受之饥；一女不织，或受之寒"。一个人只能养活几个人。人口逐渐增加，食之者众，生之者寡，"匮乏"的现象越来越严重，人民大众"乐岁终身苦，凶年不免于死亡"，这是替死。

这时候出现了蒸汽机。机械使一个人的工作能代替几十几百个人，生产量大增，工商业发达，社会富裕起来，这是创造。可是出现了资本主义。资本主义产生剥削，垄断，贫富悬殊，罪行难数。眼见无数穷人陷入痛苦悲惨的境地，其严重性较封建社会尤有过之。这些人担当痛苦,这是替死。

于是社会主义兴起。他们说,这社会对穷人亏欠太多,他们提供理想谋略技术,还有行动,全面改造这个社会。他们要把社会从资本主义的罪恶里救出来。所以说,社会主义是对资本主义的救赎。

鲁迅曾经愤慨地表示,中国人看见血才知道改错,要很粗的鞭子重重抽在身上,才肯往前走。其实何止是中国?

一九一一年,算起来那是资本主义知道忏悔的时代,纽约市曼哈顿区格林街一家车衣厂失火,烧死了一百六十四个女工。这场大火使全国震惊,美国第一个保障工作场所安全的法律于此产生。这就是替死救赎的缩影。

这是人的救赎。人的努力,效果总是限于一时一地一人,而且,"事情总是朝相反的方向发展",形成不断救赎、回环救赎,古人说扶得东来西又倒,正是形容这种情形。

《圣经》设计救赎,是一次解决全部问题。这是最后的救赎,最高的救赎,永恒的救赎,生命止于至善,所以称为"终极救赎"。《创世记》和《启示录》首尾呼应,其间善恶万行,高潮迭起,救恩导航,明如北斗。对作家的立意选材、布局结构,实在有极好的启示。

文学表现人生，人之一生，大体上也有一个"创造，犯罪，替死，悔改，救赎"的轨迹。幼而学，壮而行，多做多错，若要成大功立大业，更得破格行事，我有《黑暗圣经》一书做出分析。等到他功成名就了，除非他特别不长进，他多半要热心公益慈善事业，补偿以前的亏欠。我称创造犯罪为"英雄期"，悔改救赎为"圣贤期"。有人另外立名，称创造犯罪为"政治期"，悔改救赎为"宗教期"。

美国的资本家，号称"拼命地赚钱，拼命地省钱，拼命地捐钱"。赚钱，只要法律上说得过去，他无所不用其极。省钱，精打细算，不惜冒刻薄之名，一心追求成功，钱是唯一的目标。最后到了捐钱的时候，他追求一个更高的境界，他离开原来的位置上升，他那博施济众的胸怀，表现了基督文化的精义，多少慈善机构、教育机构、艺术团体，多少落后地区的建设、天灾人祸的救济，都有他们尽心尽力。在基督教义里面，救赎是上升，不是"回头"，如果说他是回头，那是回到天家，他走完"创造，犯罪，替死，悔改，救赎"的全程。

看中国历史，"吊民伐罪"是创造，"兴，百姓苦；亡，百姓苦"是犯罪，依儒家的要求，得大位、继大统以后要推行仁政，逆取顺守，这是救赎。例如唐太宗，"夺门之变"

杀死两个哥哥，他为了登基而犯罪，他做了皇帝以后，"贞观之治，比美唐虞"，他得到救赎。

救赎绝非说教。说教是硬性附加上的尾巴，救赎似传说中的火浴凤凰。老凤凰全身着火，新凤凰在火中诞生，老凤凰烧尽的那一瞬，新凤凰也独立成形。我们读极好的文学作品，可以有类似的经验，阅读，仿佛是原著的消失，读到最后，我们得到超过原著的东西，而非原著的记诵。原著如蜕，它可以表现罪，燃烧罪，得到救赎。它不是隐瞒罪，粉饰罪。没有罪，不需要救赎，也无以产生救赎。

读基督教的《圣经》，"创造，犯罪，替死，悔改，救赎"，本是基督徒的宗教经验，宗教经验也是人生经验之一种，作家读《圣经》，可以分享这种经验，善于处理过去不能处理的文学题材，得到文学创作的一个新境界。"救赎"，是人生最后一课，也是作家的毕业大考。读文学作品，有人说是灵魂的冒险，意思是，那是对生命的究竟探索。若然，作品中人物的救赎，也是读者的救赎，凤凰浴火重生时，读者也仿佛重生了，所以我认为作家可以"参天地之化育"。

前贤教我们"师造化，法自然"，文艺创作跟造化学，跟自然学。前面谈的是师造化，接着谈一谈法自然。

法自然，学它的"统一与变化"。举例来说，鱼就是鱼，鸟就是鸟，山就是山，河就是河，我们一看就知道，不会彼此混淆，这是统一。可是山有很多山，以中国来说，单是国家开放的观光胜地就有四十二座山，每座山都不一样，游客看了这一座还想看那一座，这是变化。鱼也有很多种，科学家登记海洋生物，已经登记了一五三○四种鱼，鱼的模样千奇百怪，可以说匪夷所思，这也是统一与变化。借用佛家的名词，统一是"共相"，变化是"殊相"，树木也有共相，"世上没有两片树叶完全相同"，人也有殊相，"人心不同各如其面"。

文艺创作也是如此。他需要古典传统营养，时代风尚烘托，个人风格形成标志，这就是统一；他也要做到不和古人重复，不和同时代人重复，也不和自己重复，这就是变化。我们听音乐，读长篇小说，看戏剧电影，从头到尾它是不停地变化，等我们看尽洛阳花之后，又能得到整体的统一。

法自然，我们还要向大自然学习"对照与均衡"。"立天之道，曰阴与阳，立地之道，曰柔与刚"，这是对照。"有无相生，难易相成，长短相形，高下相盈"，这是对照。众星拱月，万绿丛中一点红，高山之下必有陵谷，这样的对照到处都有。对照是两个相反的现象并存，但是并不互相排斥，自然现象有浓淡、疏密、明暗、高下、虚实，都是对照，两者相反，但是相得益彰，对照之中有均衡。均衡未必相等，一片青青草原上一棵参天大树，一排士兵对面一个军官，无定河边骨旁边一座庙，都是均衡。

看小说，黛玉任性，薛宝钗藏锋，对照。晴雯刚烈，袭人柔顺，对照。远藤周作的《沉默》，既有大信，也有大疑，即使书名是"喧哗与骚动"，其中也有它的反面。读诗，尤其是律诗讲究对仗，对照的手段淋漓尽致，像"星垂平野阔，月涌大江流"，像"管乐有才原不忝，关张无命欲何如"，像"鸿雁在天鱼在水，青梅如豆柳如烟"。看电影，尤其是所谓剧情片，整出戏由正反两面构成，剧中每一个人物、每一个场景、每一步剧情，也都有相反的一面激荡。它仍然是一部作品，不是两部合集。

法自然，自然有动力。因为有动力，才日月盈昃，辰宿列张，有动力，才寒来暑往，春花秋实。动力是灵力，是生命力。《创世记》一开始就说："起初，神创造天地……神的灵运行在水面上。"《圣经》有好些版本，有一个版本就把"神的灵"译成神的"动力"。动力运行，有快慢、高低、轻重、长短，这叫作节奏。快慢高低轻重长短这八个字的变化也是无穷无尽,声音有了节奏,可以组合成某种样式,叫作旋律,同一个旋律的节奏又可以调整改编,它可以有好几个分身,叫作变奏。音乐就是旋律流过去、流回来,几个分身交替呈现,它用声音体现大自然的动力。

可以说,旋律是线形的,旋律是线条的延长、曲折、宛转、迂回。在这方面,书法可以是无声的音乐,书法的笔法、笔势形成书法的节奏,快慢高低轻重长短一样也不缺少,在一幅字、一部帖里面,快慢高低轻重长短也不断变化,它们呼朋引类,成群结队,去而复返,改头换面,如蝶恋花,如絮沾衣。这样读一部帖也和听一场音乐会几乎相同了。不仅草书有节奏,楷书、篆书、隶书都有,苏东坡的字绝不是一只一只癞蛤蟆,颜真卿的字绝不是一个一个算盘子。

音乐有声音,语言也有声音,即使是文言,每一个字也有读音。我们讲究声韵,可以把字当作音符看待。文字,依其读音,东庚为重,支微为轻,窟故为抑,刚昌为扬。平声为长,去入为短。短句快,长句慢,指示词快,感叹词慢,而节奏存乎其间。我们的单字、复词、长句、短句、文言、白话,也都直接造成或间接影响快慢、高低、轻重、强弱。我们也可以适应听觉的美感加以组合,安排节奏旋律，可以一唱三叹，反复回转，也有抑扬顿挫，擒纵动静。韵律一气流通，与大自然的秩序和人的呼吸循环相呼应。

法自然，大自然的运行有"赓续性"，它连绵不断。这个词是翻译过来的，为什么不说继续、不说连续呢？继续是前一个结束了，穷尽了，后一个接上去，好像一支蜡烛点完了，灭了，换一支蜡烛点上。大自然并不是这个样子，它是夜色深沉的时候昼就出现了，"白"就来稀释黑了，黑白双方以可以用百分比计算的方式消长，直到日正中天，夜就来了，黑又出来悄悄地给白染色了。这是生中有灭，灭中有生，过去之中有现在，现在之中有未来，所以另外立一个名词，表示这种特性。

我们的赓续性叫作文气，文章也在形体气势上相互联络接应。文章可以七窍相通，呼呼生风，可以长江大河，一泻千里。它的结束不是结束，用杜甫的说法，"篇终接混茫"。它的开始也不是开始，用李白的说法，"黄河之水天上来"。现代人说文学作品是有机体，损坏了一部分就是损坏了全部，用张炎的说法，"七宝楼台，拆碎不成片断"。难怪古人说，写文章犹如腕底有鬼，下笔不能自休。难怪写作时会出现一种情况，这支笔好像自动化了，修为到这一步，才可以谈行其所不得不行，止其所不得不止。

艺术的变化有无限的可能，《孙子兵法》说，颜色就有那么几种，音符就有那么几个，变化起来，无穷如天地，不竭如江河。人生和自然并非艺术原材，而是艺术的前身，艺术的本来面目。"天地有大美而不言"，艺术家心领神会，终身取法，"贤者识其大，不贤者识其小"，"得其小者为草木，得其大者为山川"，取之不尽，用之不竭。用基督教的话来说，上帝是大创造，艺术家是小创造，所有的艺术家他们共同的祖师爷是上帝，也就是人生和自然。"书画同源"并非因为古人造字从象形入手，一个字就是一幅图画，也并非因为书画都用毛笔，工具相同所以技术相通。书画同源的这个"源"，他们俩都师造化，法自然，他们岂止是一个师父教出来的徒弟，更是一个父亲养育的子女。

更进一步说，不仅书画同源，所有的艺术都是同父异母的兄弟姊妹，彼此各有各的面貌，身体里面都流着父亲的血。如果艺术是一个家族，音乐应该是大姐，中间一排哥哥姐姐，我们文学排在最后，是个小弟，除了学造化，更要学自然，为了学自然，高年级的大哥大姐都是助教。我们跟音乐学，跟舞蹈学，跟绘画学，跟书法学，它们都不说话，仍然表现天地的大美。我们要接通源头活水，它们是条条水管。

古人没说这一步怎么走，只说过太史公游历了名山大川，柳宗元看了永州的山水，文章写得更好。苏东坡贬到海南岛，文章有了大海风涛之气。我区区在下也是到了台湾以后看见海潮，才明白什么是高潮，什么是起伏，什么是波澜壮阔，或者回波荡漾。

古人说这一步父亲不能传给儿女，老师不能教给弟子，但是有缘的人仍然可以得到。文学到了"法自然"这个层次他也不能教，因为没有方法可以教，别人来度你这个阶段过了，你得自己度自己，要勤学，好问，慎思，笃行，要举一反三，闻一知十，要能触类旁通，不言而喻。中国艺术家说"法自然"，说"师造化"，以为冥冥之中有个伟大的艺术家，他创造了天下地上能见能听能感的这一切，留下无数的榜样和有数的规矩。他是大创造，我们是小创造，我们从他那里多多少少拿一点，学一点，成就了自己。

如所周知，中国大陆有过十年的"文革"，我问过一个画家，我说那年代你正在成长，那时候你是怎么画的呢？他说，只要上头有天，下头有地，我就能画。

苏联在那时候也十分专制，十分封闭，作家完全受控制，既不能学古典，更不准学西洋。苏联开放以后，有人问一个俄国作家，那些年，你们怎么写作？他的回答是，只要有一本《圣经》，我就能写。

据我理解，他们说的就是师造化，法自然。

第三辑 吾习吾文

流行歌曲怎样流行

（一）感性

如果我们为流行歌曲写歌词，要选用那些在本质上能够感动人的材料，因为流行歌曲的基本作用仍然是使听的人与唱的人得到某种感动。感动的反面是说服，说服是以理服人，使对方很理智地接受。理直气壮，言之有物当然也很值得提倡，但是要看用在什么地方，用在别的地方可能收到很大的效果，用于流行歌曲可能没有效果。这完全是由功效着眼，并没有任何成见。

流行歌曲的歌词应该改善，人同此心，可是有人认为改善的方法就是削弱它的感性，加强理性，不知不觉流为说教。这样的歌曲可能也很好，无奈恐怕不能流行，要流行，原则上不能离开感性的路子，使人感动是无罪的。要想歌曲动人，得用写诗的态度写诗的心情，用写诗的材料，放弃写论文的心情态度和材料。歌词的写作者是诗人，不是雄辩家。

流行歌曲和诗的关系很明显，例如，"太阳下山明早依旧爬上来，花儿谢了明年还是一样的开，美丽小鸟一去无影踪，我的青春小鸟一样不回来。"这首歌词很明显地脱胎于"夕阳欲下几时回"，"旧时天气旧时衣，惟有心情不似旧家时。"再看："我悄悄的望，悄悄的等，又送走了一个黄昏。我带一分愁，我带一分闷，又数遍了夜归人。"这首歌词使人想起："过尽千帆皆不是，斜晖脉脉水悠悠。"有一首流行歌曲的歌词是："一年之计在于春，一日之计在于晨，我们要珍惜青春……"这些话就不是诉之于听众的感性，而是以说服为手段。"你应该用功读书"是说服，"三更灯火五更鸡，正是男儿立志时"才是感动。

感性的歌词，要用一个充满感性的题目。"没有月亮的晚上"叫人轻轻地心跳。"伴侣哪里找"别是一番滋味在心头。"谁能禁止我的爱"，叫人同情担忧。"为来为去为了你""总有一天等到你",充满了痴情,痴得可爱。歌词最忌的,就是必须、应该、理当、所以、完全。这种字眼,或者这种气味,就是训育主任在讲话,而不是歌手在演唱。"你应该用功读书""我们要珍惜青春",这样的话太笼统,没有情趣,而且已经作了结论,使听见的人只能肃然起敬,鞠躬而退,没有办法一唱三叹,反复体会,对诗歌很不适合。

歌曲要想流行,就得闯进听众的情感生活,甚至处理他们的情感生活。阳关三叠之所以流行,是因为在送别的宴席上当骊歌来唱,一方面使此一离别更值得回味,一方面也使离别的哀伤得到安慰和纾解。"我和你第一次相逢,你和我第一次见面。相见恨晚,是不是相见恨晚!永结同心不再离散,重新把环境更换,相见不恨晚,相见不恨晚!"这首歌可以使许多相见恨晚的人,从心理上来弥补他们的缺憾,增加他们的幸福感。

好的流行歌曲不但是听众情感生活的点缀,而且可能成为情感生活的指导。那些年,台湾的流行歌曲倒是充满了感性,它之所以受人批评,乃是因为它把感性的范围弄得太狭窄了。人的心灵能容纳多方面的感受,因此人的精神生活也是很丰富的,不能仅仅照顾到男欢女爱,伤春悲秋。就情感生活而论,夫妇关系的重要性可想而知,但是以夫妇感情为题材的歌没有几首，兄弟之情，手足之爱，乃至父子之亲，竟然在流行歌曲里没有地位。青年上进的欲望是很强烈的，为什么流行歌曲的作者忘记了这一点，只记得十八岁的姑娘为了没有男朋友着急呢！

我们已听见流行歌曲的改革家的呼声，今后要多方面伸出感性的触角，向广大人群的情感和心灵探索，激发多方面的共鸣。男女之情不可废，但也不可偏，作词的人要有理性，但他工作的方法是追求感性的共鸣。

（二）音节

歌词要发挥文字的音乐性，流行歌曲的歌词也不例外。有些流行歌曲的歌词早已注意到这一点，试看"爱神的箭射向何方，射向那少女的心坎上，少女的心彷徨，情网要轻轻的闯"。这里面，方、上、徨、闯，句句押韵，固然是显而易见；句子中间的"向""彷""网"，跟韵脚的字互相呼应。另外句子里的"神""射""少""情""轻"，也都因为声母相同，彼此共鸣，所以这四句歌词唱起来，音节分明，它的技巧很值得我们注意。同样的例子有"迎春花开人人爱"。这个句子里面的"春"与"人"互相呼应，

"开"与"爱"彼此共鸣。这就是文字的音乐性。

"好春才来,春花正开,你怎舍得说再会。"

前面的句子用"来""开"押韵,后面的句子用"海"押韵,中间突然押了个"会"字,使人愕然。你反抗文字的音乐性,文字的音乐性也会反抗你,唱这首歌的人,十之八九把"再会"唱成"再坏",好跟全首歌词取得音韵上的协调。可是"再坏"是个什么东西呢!如果不看歌本可就难懂了。

凡是悲壮、兴奋、欢乐的感情,尽量用声音响亮、悠长的字,例如"旗正飘飘,马正萧萧",飘飘、萧萧的声音,给人一片明朗开阔的感觉。再看:"相思河畔见了你,不要把我忘记。""你"跟"记"两个字跟"相思"的声音协调,而相思、你、记,四个字一组声音,有轻声细语、缠绵细腻的感觉,跟歌词的意义配合。有一首歌词是"长藤挂铜铃",把一句现成的"风吹藤动铜铃动,风停藤停铜铃停"写进歌词。这句话里面的"藤、铜、动"三个字都发出金属一样的声音来,使人更容易联想到铜铃在响。有些歌词干脆模拟某种物体的音响。例如:"时钟滴答滴滴答,我静听那滴滴答,无分差。听时钟滴答滴滴答,我唱一曲滴滴答,你赞夸。"简直就把钟摆的声音直接写进来了。另外一首歌词是模拟啄木鸟在树上啄洞的声音，唱起来也很传神。

现在我们来观察下面这段歌词的音节："我像落花随着流水，随着流水漂向人海，人海茫茫不知身何在，总觉得缺少一个爱。"如果把全首歌词每一个字都注上注音符号，就可以发现里面字音与字音之间的关系，歌词里面分布着我、落、着、何、得、个，还有在、爱，还有随、水，还有人、身，都因叠韵产生共鸣。还有花、海、何，因双声产生共鸣。再进一步看，这段歌词第一句八个字，第二句八个字，第三句九个字，第四句八个字，这些句子都比较长，一句之中声音的长短轻重，变化较多，而第一句最后两个字就在第二句中仍被重复，第二句的最后两个字又是第三句的开头两个字，句子虽然断开，仍然给人连绵不断的印象，恰恰能表现滔滔流水，前浪后浪的景象。这种整篇整段含有的节奏感，很值得仔细玩味。

有一首歌题目是《蔓莉》，内容是追悼蔓莉的死亡："我们的过去，我们的情意，怎么能忘记。蔓莉，怎么你，这么忍心静静的离去。我很伤心，从今以后不能见到你。只有留下往日的情形使我时常在回忆。"字音低沉，正是追悼的口吻。（为了音韵的理由，我相信第二句最后一个字"去"

应该读如"气"。)这些句子更长,可是中间有自然的停顿,于是在如泣如诉之中,还有抽噎呜咽。撇开主题不谈,单就技巧而论,这两首歌词都是上选。

(三)通俗

早期的流行歌曲,歌词相当文雅。那时候广播电视并不普遍,大部分听歌的人花钱买票,经济能力跟知识水准有某种连带关系,所以歌厅里坐着很多读过书的人。为了迎合这些人的口味,歌词可以文雅,何况那时候白话文还没有发展到成熟的阶段,能用纯白话写歌词的人不多。试举几个例子:苦乏知心人,断梗飘萍,桃花扇底(歌女泪)。我引吭,我高歌(歌女之歌)。陌上的情侣,携手徜徉(花外流莺)。极目空翘望,见平沙雁落,梦断衡阳。椿萱恩重,棣萼情长(王昭君)。燕双飞,画栏人静晚风微,细雨湿窗台,雕梁尘冷春如梦(燕双飞)。这些歌词,完全没有顾到人的听觉,即使语文程度很好的人来听,也听不出究竟唱些什么。那些文人雅士在听歌之前要经过一个阅读的阶段,那些语文程度差的人难免要查字典。听流行歌曲是一件轻松的事儿,如此未免太严重了。

早期的流行歌曲也有很通俗的。"如果没有你，日子怎么过。我的心已碎，我的事也不能做。我不管天多高，更不管地多么厚，只要有你伴着我，我的命更为你而活。"完全使用日常的口语。在白光的时代能有这种成绩，今天的歌词有什么理由非文绉绉不可？像下面这一首是现代人的作品，看起来就没有必要写成这个样子："青山围绕情人谷，涟漪片片芊蓁湖。湖边秋叶枯。"（情人谷）从前的歌词若不通俗，仍然可以流行。现在的歌词如果不通俗，必然不会流行，因为唱歌的人记不住歌词，势必要拿着歌本念，听歌的人听不懂歌词，势必要拿着歌本看，这有多麻烦？怎么样跟那些一听即能上口的歌词竞争？更何况现在传播事业这样发达，流行歌曲深入每一个家庭，听众的语文程度高低不齐，其中有些人恐怕就是拿着歌本看也看不懂，难道还要一面听歌一面请老师讲解不成？

现在每月都有这样多新歌出笼，歌与歌的竞争激烈，歌词如果太文雅，就没有有利的生存条件，昙花一现之后被淘汰了，所有的心血岂不白费？现代的歌词已经知道讲求通俗，但是通俗之中仍然有许多听不懂的文言成分，这些文言为什么不能避免呢？因为，一，要迁就押韵。"我俩早晚都相见，相见把头点，点头两无言。"无言两字因押韵而出现。二，迁就每一句的字数。"像鸟儿比翼，像花儿并蒂"，保持五个字一句的整齐的形式。三，要在一句话里头容纳较多的意思。"燕飞蝶舞，各分西东"，本来"燕飞"可以做一句话，"蝶舞"可以做另一句话，"燕飞蝶舞，各分西东"是把三句话的意思压缩成一句，这当然非借重文言不可。四，受了旧诗词的影响，而没能够蜕化出来，最明显的例子是"残梦"，这首歌中间突然插进一段："临晚镜，伤流景，往事后期空记省。"

有些歌词为了通俗，弄得俗不可耐，也是得不偿失。例如："美女赛天仙"，"女人三十一枝花"，"情郎哥"，"俏佳人"，"为什么不把花儿采"，"你不该你不该骗着我的一颗心"……这条路也不是康庄大道。流行歌曲要通俗，不要低俗，用字造句，要尽量明白自然，但是仍然要保持相当的教养。低俗必须纠正，如果为了纠正低俗，走向文雅，也失去了改善流行歌曲的本意，付出的代价太大。文雅固然可以不俗，但是也可能"不通"，不能流通，不能天下通行。为流行歌曲写歌词的人，还是不要冒这种风险。

（四）反复

给流行歌曲写歌词的人，不妨多看几场芭蕾舞，舞蹈跟诗歌有两点相同，你看，一个人跳芭蕾舞的时候，只需要很小的一块空间。空间虽小，但是还显得相当宽敞，跳舞的人还常常停在一点上，并不移动。还有，舞蹈只有寥寥几个基本姿势。编舞的人把这些基本姿势加以变化，就显得多彩多姿。歌词也是一样，写歌词的人只需要很小的题目，很单纯的材料。

有些材料看起来已经够简单，但是拿来写歌词仍然嫌它复杂，例如爱国是个好题目，但是"爱国"包括纳税、当兵、保密乃至于修身，修身又包括早起、戒烟……一层层地分析下去，分到不能再分，就像物质的原子一样，那才是一首流行歌曲的胚胎。这叫作"单一"。试看那些非常流行的歌曲，每一首在选择材料的时候，都做到"单一"。《情人的黄衬衫》说来说去，只是说黄衬衫穿在情人身上，人和衣服都很好看，而这种好看是过去一直没有发现过的。《情人的眼泪》说来说去只是说：爱你才会掉眼泪。《人儿不能留》只是说：留不住只好让他走。《快走到我的面前来》是说：我想仔细看看你。《采红菱》是说：两个人坐在一条小船上，采水里的菱角，菱角成双成对，船上的人也成双成对。这些材料都简单得不得了，只要一句话，甚至一个片语就能说完。

这样简单的一点儿意思，如何能写成一首歌词？他们所用的办法叫作"反复"，他们可以把一句话、一种意思，说了又说，再三出现。这样写出来的歌词，看起来相当啰唆，但是歌词是给人家听的，句子尽管重复，唱起来曲调有变化，感情有变化，非但不觉得重复，而且也只有这样一唱三叹，才能把感情发挥得淋漓尽致。

反复的方法有好多种，可以分成：一、整句反复。例如一首歌分四段，每一段里面都有一句"教我如何不想她"。二、破句反复，就是把一句歌词破开，大部分加以反复，小部分加以更换。例如"忘不了你的错，忘不了你的好，忘不了你的泪，忘不了你的笑"。用"忘不了你的……"反复四次，每一次更换一个字。三、句型反复。例如"我走了十里路，打了一场球，吃了三碗饭，洗了一个澡"，意思虽然不同，句型完全一样。在一首歌词之内，句型最好不要太复杂。例如"八百壮士一条心，十万强敌不敢当"，两句的句型相同。像"南风儿飘呀飘，掀起了波浪如潮，小船儿摇呀摇，不管那波浪多高"，南风跟小船两句句型相同。

说到这里，我们可以看出来，流行歌曲的歌词是怎样结构起来的。它单一，所以需要反复，否则不成篇章。因为它需要反复，所以又必须单一，否则篇幅太长，唱的时间太久，跟流行歌曲的性质不合。单一加上反复，可以在短短两三分钟之内，把一个重要的感觉，一遍又一遍印在听众心上，使他听得明白，记得清楚。如果这首歌对他是享受，这样也享受得充分；如果这首歌对他是发泄，这样也发泄得痛快。有人认为流行歌曲把一句话颠来倒去十分无聊，这是看见歌词，忘记曲谱。好的作曲家，会把那些反复出现的句子，处理得既妥当又精彩。听听看，《八百壮士歌》里面，有九次强调中国"不会亡"，《不了情》里面，有十八句"忘不了"，单看歌词似乎是太多了，但是听歌的时候则不然，正因为有这么多的反复，才使得你激昂慷慨，回肠荡气，这是作曲家的事，但是作词的人要提供"可能"。

为了证明单一和反复的重要，下面抄一首流行歌曲的歌词，作为观摩和分析的对象。这是一首禁唱的歌曲，虽然禁止演唱，并不禁止研究批评。我们注意的是它的技术，抛弃它的主题，同时我们还可以得到一种警惕：连"不良"

的流行歌曲在技术上都具有这种水准，以致在未禁之前非常流行，改革流行歌曲的人岂可不知己知彼？

"我的热情啊！好像一把火，燃烧了整个沙漠。太阳见了我，也会躲着我，它也会怕我这把爱情的火。沙漠有了我，永远不寂寞，开满了青春的花朵。我在高声唱，你在轻声和，陶醉在沙漠里的小爱河。你给我小雨点儿滋润我心窝，我给你小微风吹开你花朵。爱情的小花朵属于你和我，我们俩的爱情就像热情的沙漠。我在高声唱，你在轻声和，陶醉在沙漠里的小爱河。"

体裁选择

有人爱写小说，有人爱写散文，有人爱写剧本。有人三者都写，在不同的时候推出不同的作品。这是什么缘故？作家为什么有不同的尝试、选择？

第一个理由：一篇作品究竟应该写成散文、小说，还是剧本，要看那篇作品处理什么样的材料，表现什么样的内容。散文、小说、剧本属于体裁，体裁属于形式，形式是为表现内容而设。题材属于内容，有些题材应该写成散文，不宜写成剧本，有些题材则相反。以画为喻，古人曾说胸中有怒气时画竹，胸中有逸气时画兰，借画竹的笔法和竹的形象升华怒气，借画兰的笔法和兰的形象表现逸气。

怒气逸气好比内容，竹兰好比体裁。画雾中楼台或烟雨蒙蒙中的山水宜用水彩，楼台烟雨好比内容，水彩好比体裁。作文和作画不同，但其中有些道理相通。

一、什么样的题材是散文的题材呢？

1. 直说的。文学创作虽贵含蓄隐藏，但不能完全排斥直抒胸臆，因为人的情感有时必须滔滔倾泻，任其自然，无暇修饰或假托。例如林觉民烈士在起义前夜，自分必死，写信与爱妻诀别，他一提起笔，强烈的感情就迸射出来，实在不能"言在此而意在彼"，也无心创造一个人物来替他说话。他写出来的是散文。另一种情形是，作者在生活中得到某些经验。他想把那经验直接地忠实地记下来，不愿再加以变造。他的理由也许是心存虔敬感激，例如写父母的言行；也许是那经验本身已经够美，不必再用文学手段去无中生有，如《核舟记》，这些作品都采用散文的形式。

2. 平面的。"去年今日此门中，人面桃花相映红。人面不知何处去，桃花依旧笑春风。"这是人生的一个"平面"。"床前明月光，疑是地上霜。举头望明月，低头思故乡。"它的材料也是平面的。这样的诗最近散文，因为散文反映人生可以（并非必定）止于平面，不求立体。如果"我"去年今日在桃花下与人分手，如果"我"今年此日又在此门中和人相逢，这就走向立体化了，这里还有一点空白要我补起来，那是由去年今日到今年此日，这一年之中"我"干了些什么？如何将这一首一尾中间的虚线变为有机体？比方说，"我"这一年之中竭力想忘掉她，好容易淡忘了，不料又重逢而重逢后又得分手？如此这般，你也可以考虑写小说了。

3. 闪现的，不定形的。苏东坡说，他曾经在黎明之际看见竹笋生长。他说，竹笋不是悄悄地、慢慢地长出来，而是突然冒上来。就这样，他写了一篇散文。有一位老教授说，当他还是小学生的时候，家乡来了一个马戏团，有一个随团表演的小女孩，穿着红裤子，引得他百看不厌。直到现在，他七十岁了，有时还梦见那个女孩——穿着红裤子。就这样，他写了一篇散文。一位到美国旅行的作家说，他在纽约误入酒吧，乍见里面一片昏黑，一个黑人朝着门口的方向仰脸看电视，银幕的余晖照着他的黑脸，从他鱼肚色的眼球上反射回来，"眼"是屋子里唯一发亮的东西。那双眼充满了邪恶，流露出恨意，那光也冷得可怕。他连忙退出来。如此这般，他写了一篇散文。

好像什么题材都可以写散文！小说戏剧都有模式，作者在大模式中求变化，填不满模式的题材不能用，散文似乎没有这个共同的大模式，它没有定形，由作者随意赋形。小说剧本的作者把那些"填不满模式"的题材记下来，存在"仓库"里，用灵感、想象力、生活经验慢慢喂养，等它长大。散文作者则不一定要这样办，心有所得，拿起笔来就可以写，"可行则行，可止则止"，别有一番乐趣。

二、什么样的题材是小说题材呢？

1. 性格突出的人物

俗语说"百人百性"，又说"泥人也有泥性"，人的性格各自不同，但有些人相当接近，可以合并成类。按照习惯，每一类性格有一名称，如阴沉、爽朗、刚强、柔弱等。这种经过归纳以后的性格，使那个人在别人心目中留下深刻的印象，甚至留下长远的影响。

一个人如果具有明显的性格，他的行为会有一个模式。有些事情他一定会做，有些事情他一定不做。他解决问题的方法和态度，我们可以猜得出来。"人心难测"，其实并不很难，人的性格和行为之间有某种因果规律。我们要有相当久的人生经验,相当深的社会阅历,才认识此一规律,所以古语说"人老自智"。

虽然"百人百性",这百样性格却有一个共同的背景:人性。由人性看个性,由个性看行为,是演绎;由行为看个性,由个性看人性,是归纳。想到人性,多半能原谅那些有缺点的个性,悭吝的行为使人不快,但若那守财奴早年过于穷困,内心永远潜藏着匮乏的恐惧,又足以使人释然。从仁者勇者身上可以看见人性的伟大美丽,知道万物之灵可以到达这样的高度。作家观察人生,如果从人的性格着眼,向下发现动人的行为,向上发现深藏的人性,他多半要用这种材料写小说,只有写小说才"物尽其用"。

2.含有冲突的事件

有些事件含有冲突。例如神父和妓女在一处避雨;一个黑人和一个白人连在一副手铐上逃亡;一个韩国人到了朝鲜,朝鲜怀疑他是韩国派来的间谍,他回到韩国,韩国又怀疑他是朝鲜的间谍。有一个人,姑且称之为某甲,他出卖了他朋友某乙,他从此躲开某乙,避免见面,他又时时打听某乙的行踪和生活状况,放心不下,因为他要预防某乙报复。这些材料早已由小说家写成了小说。

有时候,小说家要制造含有冲突的事件,或在事件中制造冲突。岁寒然后知松柏后凋也，雪想剥掉松树的外衣，松树怎么也不肯，雪花费尽心机，徒劳无功，自己却融化了，没关系，明年再来。这就是制造出来的冲突。机器人本来和人没有冲突，但是有人设想千万年后，机器人愈来愈精巧，跟人没有分别，有一天这些机器人忽然也有了个性，有了欲望，他们也闹罢工，也闹革命。这也是制造出来的冲突。

3. 事件复杂，并经过很长的时间，有种种演变。这是长篇小说的题材，《红楼梦》和《三国演义》都是用这样的题材写成。

三、什么样的题材是戏剧题材呢？

1. 立体的。从前有一个故事：某甲的父亲掉到河里淹死了，尸体漂到下游，被某乙捞上来。某乙写信通知某甲："你要想把父亲的遗体搬回去，必须付我五十两黄金。"五十两黄金是一笔巨款，某甲不甘心付出这么大一笔钱，偷偷地去找足智多谋的某丙商量。某丙对某甲说："没关系，这好比一笔买卖，你尽管杀价，因为对方这笔货非脱手不可，而买主只有你一家。"某甲听了觉得很对，就不理某乙的要求。某乙着了急，也暗中向智多星某丙请教，某丙对他说：

"没关系,这好比做买卖,你尽管叫价,因为对方非进货不可,而只有你一家有货。"某乙觉得有理,决定坚持下去……

在这个故事里面,甲有甲的难题,乙有乙的欲望,丙有丙的阴谋,三条线现在纠缠在一起,是一个立体的事件。这样的故事也可以写成小说,但更适合编成剧本。用台球做比喻:台面上有三个球,各球之间保持相当的距离,撞的高手选一个角度下杆,这一个球就去撞动第二个球。第二个球去撞动第三个球,第三个球又滚回来撞动第一个球。小说可以这个样子,也可以不是这个样子,如果一篇小说中也有三条线索,也有三个主要的人物,往往第一个球撞第二个,第二个球又回撞第一个,把第三个冷落在旁,有时候,甚至其中一个球独自滚来滚去滚动了很久,才沾上其余两个。有些小说只有一条故事线,像是把两个球穿成一串。

2. 激烈的。戏剧,由于一次次冲突造成一次次高潮,而高潮又愈推愈高,难免要把事件的发展推向极端。所以戏剧情节多半是激烈的,反温和的,不中庸的。有人说小说的故事有一个模式:"一个人,他遭遇到困难,他想出办法来解决。最后得到一个结果。"我们可以把这个公式用在戏剧身上。只要稍稍增加几个字:戏剧是"一个人,他遭遇到特殊的困难，他想出一个非常的办法来解决，得到意外的结果"。

在戏剧里面我们总可看到极爱、极恨、极勇敢、极怯懦、极自私、极慷慨。我看见一位资深的电视导播指导他的后进：那演员亮出刀子来的时候，要让观众看见刀子；刀刺下去的时候，要让观众看见伤口；让那演员拔出刀来，举在空中，握刀的手发抖，用特写镜头让观众看见刀尖滴血。在编剧会议上，他们使剧中人遭到阻碍，严重的阻碍；使剧中人受到侮辱，羞死人的侮辱，世人不能忍受的侮辱。常看戏的人都会发觉，舞台上总有那么多耳光、下跪、呼天抢地，银幕上总有那么多枪战、车祸、癌症。

3. 集中的。"集中"指时间集中，人物集中，事件集中。譬如集团结婚，二十对新人在同一天、同一个礼堂内完成嘉礼，谓之集中；二十对新人在二十个地方分别成婚，地点不集中；在二十个月内先后成婚，时间不集中。戏剧常以法庭、旅馆、火车、大杂院等地为背景，为的是便于集中。《西游记》的布局不够集中，所以有人说它的情节好像是大年夜的烟火；《水浒传》到了结尾才把各路英雄集中在一处，所以有人说《水浒》如果是戏，应该在结尾处开始。

人生常常是散漫的，欠缺周密的计划，偶发事件很多，所以，戏剧的集中有时并不自然，但是戏剧家有一种本领控制剧场，征服观众，使观众暂时失去抵抗能力，接受一切安排，并且在散戏后也不想翻案。舞台剧最要集中，电视剧放宽了一些，电影在各剧种中得到最大的自由，有时候可以像长篇小说。不过"集中"是戏剧这种体裁的一大特性，切记：要充分认识特性，才可以充分把握那体裁；能充分把握那体裁，才可以活用那体裁。

以上是题材和体裁的关系。下面谈谈作家的气质性格和体裁的关系。先说散文。

四、什么样的人喜欢写散文？

1. 爱好自由。这是说爱好文学形式的自由，不耐受格式规律的拘束。写散文，爱长就长，爱短就短，爱直接说出来就直说，不爱直说就找一个寄托，爱写人物笔下就出现人物，不爱写人物就只写"江上数峰青"，这样何等潇洒，何等自在？有些人专门讽刺那些为布局结构所苦的人，指出作文的乐趣在无拘无束，发抒性灵，悠然自得。陷于格式规律不能自拔，当然是坏的小说作家和编剧，但"无拘无束，悠然自得"恐怕只能成为好的散文作家。

记得有一位散文家偶然乘兴写了一个故事,用第一人称观点叙述,有人读了以后提供意见,第一人称写成的小说,只能写"我"亲自做过的事和直接的见闻,不能无故描写"他"怎长怎短。这位散文家反问:"我为什么要受这个限制?"答复是:这是写小说的基本规则。散文家又反问:"我为什么要写小说?"这一问使对方语塞。他爱自由自在地写,他不在乎写出来的东西是否合乎某种格式,于是他写了一辈子散文。

2. 内向,长于内省。作家如果时时自己反省,不喜欢和外界接触,和那些个性、职业、生活习惯不同的人保持距离,他就逐渐养成了一个习惯:在下笔之前向内挖掘,写来写去都是写他自己。他不能观察一个渔夫的生活,设身处地,把自己化作渔夫,也不能把自己的心分裂开来,一面身受一个慈母失去独子的悲痛,一面写一个阴险小人狡计得逞时的快乐,把两者合成作品。他写来写去写出一种人物,就是作者自己。这样的作者可以写很好的散文。有一位散文能手怕开会,怕参加宴会,不喜欢公共场所,他说人多使他心乱,使他的文思荒芜。酒店是左拉那种人流连的地方,而左拉写小说。

3. 只能在短时间内集中注意力。我问过多位散文作家:

"你为什么写散文?"大部分答案是:散文可以一口气写完。在他们看来,写作犹如饮一杯美酒或听一首好歌,情趣随时间而蓄积饱满,在工作完成时愉快达到高潮,中间不宜打断,如果中断则情趣消退,前功尽弃,再继为难。

有一位作家说:"我写作的时候要发烧,作品完成以后才退烧,如果中途退烧,那写了一半的稿子只好进字纸篓。"这样的人自然不去招惹长篇小说。写长篇多半要列出人物表,写出大纲,像照图施工一样,今天写一点,明天写一点,写作的热情随时可以收住,也随时可以发动起来。有些长篇要费时五年十年,作者的注意力始终贯注,灵火始终照亮全局。有人受得了这样的压力,有人受不了。

五、什么样的人会去写小说呢?

1. 化身癖。小说手法是把主观的经验客观化。"我"失恋,这是主观的经验,少年维特失恋,这是客观化的结果,第一人的内容借第三人来表达,是一种化身的艺术。"我"看见许多醉心中古骑士、幻想行侠仗义的人,他们似乎不知道自己活在什么样的社会里,十分可笑。"我"不去直接写他们,却去写一个叫吉诃德的人,让吉诃德来代表他们,术语谓之创造典型,这也是一种化身。

作家的信条和守则里面有一条是真实,也就是对人生忠实,对艺术忠实。但人生和艺术并不恒等,艺术力求完美,人生则往往有缺陷,需要作家妙手再造。《儒林外史》说王冕画了许多荷花,有人不信,指出王冕以画梅知名,从没有一幅荷花留下来。但是《儒林外史》既然写王冕放牛,王冕练习写生只能画荷,因为放牛的场所和季节都适合画荷,不适合画梅。《儒林外史》是小说,它描写王冕的幼年以艺术的考虑为第一。"化身法"能根本解决这个矛盾,求得人生和艺术的两全。《少年维特之烦恼》写得好,对人生忠实,因为维特是歌德的化身。为了艺术效果,维特自杀了。也没有人指责这是说谎,因为维特到底不是歌德。歌德虽然活下去,但世上因失恋而自杀者大有人在,所以维特自杀的情节仍然忠于人生。

化身法还有一个好处,无论是作者自己,还是作者观察到的别人,都有自己的隐私,不愿公之大众。有一位理学家说,他每天写日记,他的日记可以让人阅读,凡是不能让人在日记中读到的事,他在生活上绝对不做,凡是不能让人知道的念头,他绝对不去那样想。这只能算是一个人修身的理想标准,即令能做到,恐怕也不是很好的小说人物，读者会觉得单调，没有深度。文学家要向人性的深处发掘，而人性复杂，善恶混沌，洁白和污垢层叠。小说家写医生，不仅写那医生收到多少感谢状，也写他犯了错误使一个病人死在手术台上，写他为此事良心难安，但也写他勇敢地掩饰自己的罪过。要怎样写才不伤害那医生呢（才不伤害作者自己呢）？答案是：化身法。有些作者喜欢化身千面，认为"假作真时真亦假"之中有无限乐趣，他觉得他把人、把世界都重新创造了一次。他要写小说。

2. 记录癖。人生种种，与时俱逝，即生即灭，转眼成空，思想起来好不可惜。心有未甘的人奋起挣扎，你看世上有这么多照相机，就知道和时间作战的人很多。长篇小说的作者大半是这种人，写《红楼梦》的人说，他生平见过几个好女子，要是埋没了实在可惜，他要写。写《冰岛渔夫》的人说，他不忍那些动人心魄的情景坠入历史的黑渊，他要写。雷马克在《生命的火花》里写下纳粹的罪感，索尔仁尼琴在《古拉格群岛》里写下格别乌的罪恶。小说家的这种志向和兴趣，可以称之为记录癖。

在这里，"记录"一词是广义的用法，概指用文学方法使后人亲历前代的生活经验并亲见前人的心灵。在这方面长篇小说可以做到逼真、精细、完备。因为长篇小说可以写得很长,只要你能写得好,长度几乎没有限制,诗,散文,剧本,都不能与之一争"长"短。长篇小说是文学体裁的金字塔,使那些想"为时代作证"的人"高山仰止,景行行止"。

六、什么样的人乐意写剧本?

1. 组织能力。做文章也是一种组织工作。政治家组织"人",作家组织语文,组织意念,组织意象,组织人物。有人喜欢组织工作,有人不喜欢,有人组织能力很强,有人则否。中国历史上有许多人不喜欢做官,宁愿在乡下种花种菜,现在也有人不肯担任行政工作,宁愿受人家管理而不愿管理别人。有些人的性格却完全相反,长于组织,不怕麻烦,有时故意把简单的事复杂化,以便在"加减乘除"中得到快乐。

写剧本的人就是这种"自找麻烦"的人,天下本无事,平地惹风波。一群人物性格不同,各怀"鬼胎",编剧使他们各尽其职,各得其所,本似纷纷攘攘一团乱麻,却由作者"密针细缕",安排得如锦似绣。这要有高度的组织力。写散文最怕一个"俗"字,写小说最怕一个"浅"字,编剧最怕一个"松"字。"松"就是组织涣散,不成队形。

写散文好比自己动手做事，写小说好比指挥别人做事，但要求并不十分严格，编剧则是驱役一群人，如身使臂，如臂使指。一出戏又像一场篮球比赛，运动激烈，队友间有充分的默契，反应迅速，合作恰到好处。

有两个人交换创作经验，一个说："我写小说的时候，我笔下的人物有自己的意志，他要怎么做，我就怎么写。"另一个说："我编剧本的时候，剧中每一个人都根据我事先精密的计划，他们打个喷嚏也得经我同意。因为每一个人物只是一小部分，只有我统筹全局。它由许多精密细微的零件组成，任何一枚零件都得符合规格，否则整部机器就要出毛病。"

2. 商业头脑。演戏要花很多钱，花出去的钱要靠卖票收回来。编剧虽然不负责财务，也要记住戏剧除了是艺术以外还有商品的性格，在工作中具有成本支出、盈余、亏损等观念。编剧也要注意"市场"的需要，注意什么题材在什么时候能卖座。如果孤芳自赏，不屑于有这种想法，就不容易在编剧的行业里生存。

3. 对群众的感应有兴趣。戏剧工作者非常喜欢群众，有一位戏剧家曾经自称为"伺候群众的人"。在剧场里，观众总是往舞台看，而编剧可能坐在后台一角从帷幕的缝里看观众。他欣赏观众，从观众的反应领受教益。如果演到某一个地方观众应该哭而没有哭，那是什么原因？要怎样使他们哭？如果演到某一个地方观众应该笑而没有笑，那又是什么原因？怎样使他们笑？如果演到观众应该哭的地方，观众反而笑了，那时编剧就是世上最难过的人。多年前，有一个朋友醉心编剧，但是从来怕面对观众，有人预料他将要"做一个失败的编剧，或者做世上最伟大的编剧"，这话后来应验了——应验了前一半。

以上是作家的气质性格跟体裁的关系。最后我要指出，时代风尚对作家选择体裁也有影响。有一种现象是，各种体裁轮流风行，小说寂寞了一阵子，否极泰来，散文热闹了几年，盛极而衰。编辑多登什么，书店多出版什么，就有人多写什么。

这种"十年河东转河西"的情势是怎样造成的？有时候，力量来自作家。如果社会上出现了几位优秀的小说家，大家因为爱读他们的作品进而喜欢小说这种体裁，更进而去读别人写的小说，就会造成小说的旺季。有时候力量来自传播工具，例如，自报纸副刊兴起以后，"杂文"应运大行其道，因为报纸需要杂文，引发了读者的"求"和作者的"供"。电视机愈来愈普遍了。电视所播出的内容必须成为画面，画面是非常具体的东西，当"人生"降到最具体的层次时，就是人的行为，这就成为"表演"，观众坐在家里天天能看到表演人生，就不想再进剧场影院，听人家说故事的兴趣也减弱了，因此威胁话剧、电影和小说。不过电视有一弱点：不容易表达抽象的意念，它诉诸感觉，不鼓励思考。但抽象思考究竟是人们不能缺少的，需要思考的人纷纷求助于哲理的散文，散文因此有长足发展。

我们都记得唐诗为什么特别发达。如果社会的领导者致力提倡某种体裁，许多有文才的人就会投入心力去好好使用那体裁。文学批评在这方面也有很大的影响力，中国作家一度推重长篇轻视短篇，经过许多人提倡鼓吹，短篇小说乃有今天的成就和地位。新诗的成长，更是许多人一手写诗，一手写论文，身经百战开拓而来。人们生活方式的改变和文学体裁的兴衰之间有无关联？若干年来，我们生活的节奏愈来愈快，有人预言简练短小的作品将取代冗长繁复的作品，"只有门房和仓库管理员才看长篇小说"，而今看来，生活方式一旦变动，对文学作品的题材和表现方式影响甚大，对体裁的影响较小，因为作家也生活在这个社会上，他比一般人更敏感，他的作品代表当代人的呼吸和脉搏，即使他写长篇小说，只要写得好，读者仍有心情和余暇欣赏容纳，他的作品仍可进入读者的生活。如果作者脱离时代，背离众生，即使是仓库管理员也读不下去，因为仓库管理员并非心如止水的古人。如今，作家们正面临题材和表现方式的革命，至于体裁，只有那么几种，他们又怎么舍得奢言淘汰？

选自《文学种子》

要能博大要能高

褚威格（Stefan Zweig，也译作"茨威格"——编者注）写的《巴尔扎克传》是一部名著，我读到了陈文雄先生的译本，由志文出版社出版。褚威格是大作家，熟悉作家的一切秘密，他在替另一位大作家立传的时候，特别就作家的生活与作品的形成多所发挥，给立志写作的我们许多启示。而译笔流畅入时，则其余事。

褚威格通过巴尔扎克显示作家需要强健的体魄，尤其是写长篇小说。

按，像巴尔扎克这样的作家，写作时半醉半醒。全醉、全醒都不能写作，他需要某种"醺然"，这醺然是由注意集中、精神亢奋以及神游于现实世界之外所造成，全部精力投入燃烧消耗，简直就是拼命。

所以，巴尔扎克总是通宵熬夜，他需要一个完全不受干扰的环境，以便进入微醺，停留其中。他喝很浓的咖啡提神，有人估计他死前喝了五万杯咖啡。他用"守住我的火山口"形容写作。他一共写了七十四部长篇小说（几乎都是杰作），还有一大堆散文、剧本和短篇。这是文学世界的一个"铁人"。

他五十一岁死于心脏病，咖啡（也可以说创作）毁了他的健康。死得太早了！"千古文章未尽才"。如果他长寿如歌德或萧伯纳，世界文学不知又是一番什么光景。

"诗穷而后工"，有人说穷富，有人说穷通，有人说穷力穷究，这三种解释，巴尔扎克全用得着。

巴尔扎克一直想找个富孀结婚。他也有过政治野心，他也曾开矿、买卖股票希望发财。如果早年壮岁的他梦想成真，大概褚威格就不必写这本传记了罢。巴尔扎克总是在"四面楚歌、生路断绝"的时候才发愤为文的，由他的产量之大，可以想见他受到的挫败之多。

文人在挫败之余，赢得了穷通之穷，也有了穷富之穷。"君子困则修德，穷则著书。"心无旁骛，也就有了穷力、穷究之穷，三位一体。据说，托尔斯泰本来打算把《战争与和平》写成一个中篇，只因赌牌输钱，临时决定拉长篇幅以便多得稿费，偿还赌债。据说曹雪芹写《红楼梦》，大半是一回一回换了烧鸭子来下酒。当然，即使托尔斯泰连连打出王牌，他胸中的那些人物情节仍然要写成别的小说，而《红楼梦》换来的烧鸭，只能算是副产品。但是，我们似乎可以断定，倘若曹雪芹因"圣眷特隆"做了殿阁大学士，大概和小说史无缘了吧！

世上任何人都怕挫败，只有文人作家不怕，因为文心由此而生，文章因此而工，失之东隅者收之桑榆，而且可能失之一时，得之千秋。

巴尔扎克写了一句"标语"贴在拿破仑雕像的底座："他以剑锋起始，我以笔锋完成。"他的笔锋是逐渐锻炼而成的，他写的"少作"，被批评"在思想与形式之间有一条鸿沟"。

一条"鸿沟"！这真是令人沮丧的形容。文学作品有内容和形式的问题，二者一在沟之南，一在沟之北，作家的能力在乎融合为一。金圣叹曰："诗者，夜半心头之一声耳！"这话不可误解了，这"一声"乃是沟南的事，沟北还有意象、节奏、章法等等。梵高曾说他觉得感觉与表现之间有一座高墙，福楼拜说他像个提琴手，心里想着曲调,手下拉出来的声音完全错误。每个作家都曾遭到"鸿沟"的苦恼。

作家的心思意念变为文学形式,需要经过"转化"。《伊索寓言》一书可以当作"转化"的初期教本看。此书一度颇为文学中人所诟病,因为它说教,因为说教心切而朴素简单,质胜于文,但我们可以"扬"其转化而"弃"其说教。

"转化"颇似鲤鱼跳龙门,我思小说其犹龙乎!

对于职业,巴尔扎克有如下的意见。依陈文雄先生译文,照引于此:

> 如果我有了职业,我就算完了。我将成为一个小职员,一架机器或一匹马戏场里的马,在指定的时间里喝水、吃饭、睡觉。我将仅能成为一个专心于日常琐事的人,这就是大家所谓的生活——像石磨般旋转,永远相同的事情,永远反复着实现!

依巴尔扎克的看法,职业与创作相克,因为它单调重复,磨损精力与创意。但是,褚威格说,巴氏早岁以写作为专业,也有严重的后遗症,他的评述十分精辟:

写流行小说所需要的毫无顾忌，以及那些小说缺乏逼真性的和粗疏的伤感气氛，——这些都是巴尔扎克再也不能够从他的小说中整个排出去的因素。尤其是在他大量出产的时候所沾染上的那种滔滔不绝的、仓促急迫的、油腔滑调的恶习，终身影响了他的风格。

褚威格的意见十分中肯。我以前读《高老头》等书，就觉得结构不均衡，修饰浮夸，未足取法，只是慑于大师之名，只能"腹诽"，今见褚威格的评语，真是"不亦快哉"！

作家的版税收入如果能维持某种水准的生活，且有余力郊游、旅行或研究，应该不必为五斗米（或十五斗米）折腰了吧。否则，为了生活，似可参考毛姆的意见，找一个与文学距离最远的工作，以扩大生活经验，丰富写作题材。做教员、做记者，都和文学的距离太近了。

巴尔扎克多次经商失败，受尽债主和法院的逼迫，这时他必须找个地方躲起来，过一段三餐不继的日子。他有好多部著名的小说是在这样的日子里写成的。

无论白天的处境多么艰难，只要到了夜晚，关起门来，巴尔扎克照样下笔万言，而且写得如此之好，外来的一切冲击都不能扰乱他的内心世界，巴尔扎克所以能成为巴尔扎克，这是一个重要的条件。事实上，像施耐庵在《水浒传》的序文里所假设的写作环境，恐怕难以产生伟大的作品，《水浒传》和《红楼梦》都不是在那样的状况里写成的。

褚威格详细分析了巴尔扎克，指出这位小说家的幻觉如何发达，想象和真实混淆。巴氏一直想借着娶一富孀去得到大笔财产，却一直债台高筑，"他终身负债数目之大，正如他想象中所得到的财产一样，简直不是事实。"褚威格又说，巴尔扎克"并不关心袭击他的外在生活的惨剧，而只十分好奇地观察现象。好像一个人站在干枯的土地上，注视海中汹涌的波涛"。

褚威格写这部"大传"之前消化了无数的资料，以上云云，想必有据，如巴尔扎克的自白，或近身的观察者的证言。这番话指出，小说家在写作时如何跟他切肤刻骨的生活经验保持一个超然物外的距离。小说家是"曾经几乎灭顶的人，现在站在干涸的土地上，欣赏海中的波涛"，原不仅巴尔扎克一人为然。但是若要寻找成功的教材，巴尔扎克最显著、最有说服力了。

在今天，一个人如何得到生活经验似乎不成问题，如何依创作的需要使用这些经验才是问题。沉溺在苦酒中的人不能创作，燃烧在复仇怒火中的人不能创作，陶醉在狂欢中的人也不能创作。创作之先，要使痛苦、仇恨、欢乐都成为"观照"的物件。观照一词本是佛家语，前辈批评家移用，所谓"观"，眼睛与目标之间有距离；所谓"照"，发光体与受光体之间有距离，作家入乎其内而又出乎其外。巴尔扎克不但有此修为，而且功力超众，能在一转念间立即脱离四周的纷扰，也算是天生异禀了。

褚威格说："一个想要描述世界的作家不可能忽略世界的任何一个方面，社会的任何一个阶层都应当加以表现。"这是他为巴尔扎克庞大的写作计划所下的注脚。

巴尔扎克在七十四部小说中塑造了两千个人物，有人说他简直像个户籍员。他因天不假年，还有五十几部小说没写出来，那里面也有将近两千个人物。

巴尔扎克的小说诚然好，倘若只有一部两部，那也未必多么了不起，他的文学地位之高，与他的作品之多，有密切的关联。他给他所有的作品起了个总名，叫《人间喜剧》，俨然与但丁的《神曲》（神圣的喜剧）颉颃，这种文学伟业实在是人类的一个奇迹。

不错，长篇巨制是文学史上某一个时代的风气，我们轻视风气但是重视他们留下的成就。那些长篇小说所包含的对人生的了解和反思,不是任何一种"玲珑隽永"所能达到的。论者常说,一钱黄金的价值超过一斤棉花,现在的问题是,若是一斤黄金比一钱黄金呢?印章、扇坠、鼻烟壶都是艺术,难道我们因此厌弃云冈石窟吗?

小说以叙述描写为表现的手段,数量和质量有比例上的关系。小说不是"拈花微笑"式的妙悟,不是《世说新语》式的点到为止,而是放大、照明、透视、呈现。一分文字一分磅礴,一分语言一分丰富。所以我说小说是文学的金字塔,如果小说是禅,也是"万言禅"。

读《巴尔扎克传》,念及目前我们长篇小说之凋零。文章如果是一条船,长篇小说是它的龙骨,后世将难以忍受没有长篇小说的文学史。

选自《白纸的传奇》

亦师亦友谈模仿

南朝刘宋的皇帝自命为大书法家，当时在他朝中为官的王僧虔是王羲之的后人，那是当代公认的大书法家。有一天皇帝忽然问王僧虔：你的书法第一，还是我的书法第一？皇帝怎么提出这个问题来，莫非他觉得王僧虔是他的压力、他的障碍？这一问，问得微妙，问得凶险，今天的人也许不能体会。在今天，一个国家可以有许多权威，政治上、艺术上、道德上、宗教上各有各的第一，可是在帝王专制的时代，一国之内只能有一个权威，政治上、艺术上、道德上、宗教上的权威都是他，皇帝，如果皇帝认为他在书法上的权威受到王僧虔的挑战，王僧虔也许就要大祸临头了!

这个问题很难回答,王僧虔既不能说实话,也不能说谎话:说实话,王僧虔第一,那是无礼;说谎话,皇帝第一,按照儒家的道德标准,那是无耻。而且天威难测,皇帝怎么忽然跟我计较这个?依今天的说法,这是挑战,王僧虔怎样回应,关系重大。王僧虔很高明,他说我的字在人臣中第一,陛下的字在君王中第一。他来了个分组比赛,我不跟你在同一个标准下竞争,结果产生了两个冠军。这个答案漂亮,同时维持了君王的尊严和自己的品格。皇帝怎么会接受这个答案呢?好歹皇帝也是个书法家,他知道书法家各有自己的风格,帝王的气象、格局,臣子万万难以比拟,在这方面,帝王只能和帝王比,不能和臣子比,分组比赛的办法正是表示对皇帝的尊敬,也对皇帝的书法做出高度的肯定。

天下事无独有偶,到了清朝,乾隆皇帝问一位高僧:皇帝大还是佛大?这个问题也很凶险,莫非皇帝感觉佛教对皇权的威胁?依佛教教义,佛高出众生,高僧倘若实话实说,可能引起教难。依世俗尊卑,大清皇帝统治一切,诸佛不过是入境的宗教移民,高僧倘若迁就现实,降低了佛门的高度,丧失了传播的优势。这位高僧怎样回答?他也来了个分组比赛,他说:在众民之中皇帝最大,在三宝之中佛最大。乾隆皇帝也接受了这个答案。佛教的教义有"世间法"和"出世法"之分,佛陀的统治权跟皇权并不在同一个空间,皇权至上并不影响佛法至高。在现实社会中,三宝是社会上的一个组织,每个组织内部都可以有它的最大,例如军队,一连之中,连长最大,一团之中,团长最大,但是全军之中,统帅最大,三个答案并不矛盾。

我们谈模仿,用历史上这两个小故事开头。看起来,好像清朝的高僧模仿了南朝的书法家。人非生而知之者,人人一面生活一面学习,"学"这个字的本义就是"效",效法。模仿是学习必需的手段,也是到达"创新"之前必经的过程。三百六十行,行行有模仿,咱们这一行,写作,并不例外。同行有人不屑于谈模仿,恨人家说他模仿,束手缚脚,藏头露尾,不能发现别人的优点,自己也施展不开。

在这里谈模仿,我先找一些大作家来壮胆。王勃的"落霞与孤鹜齐飞,秋水共长天一色",写得非常好,好到什么程度?好到产生了神话。在王勃之前,大作家庾信写过"落花与芝盖齐飞,杨柳共春旗一色",王勃当然读过。李太白先写"相看两不厌,只有敬亭山",辛稼轩后写"我见青山多妩媚,料青山见我应如是",郑板桥再写"我梦扬州，便知扬州忆我"，都很好。陶渊明先写"不喜亦不惧"，白乐天后写"无恋亦无厌"，苏东坡再写"与人无爱亦无憎"，也都很好。崔颢在黄鹤楼上题诗："昔人已乘黄鹤去，此地空余黄鹤楼。黄鹤一去不复返，白云千载空悠悠。"太白见了，为之搁笔，可是后来他仍然提起笔来："凤凰台上凤凰游，凤去楼空江自流。"诗中有崔颢的手印，怕什么！仍然是一等一的好诗。

言情小说《花月痕》里有一首诗，后面两句是"浊酒且谋今夕醉，明朝门外即天涯"。我写过一句"出门一步，就是天涯"。有人写过"出门一步，即是江湖"。有人写过"出门一步，就是异乡"。有人写过"今天是家中的骄子，明天是天涯的浪子"。我想我们都和《花月痕》脱不了关系。

新文学许多名句背后仿佛有本尊。看周梦蝶："去年的落叶，今年燕子口中的香泥"，想想周邦彦："新笋已成堂下竹，落花都上燕巢泥"。看钟梅音："若我不能遗忘，这纤小躯体，又怎载得起如许沉重忧伤？"想想李清照："只恐双溪舴艋舟，载不动，许多愁"。看朱自清："桃花谢了，还有再开的时候，小鸟去了，还有再来的时候，可是聪明的你，告诉我，时间的小鸟为什么一去不回呢？"想想晏殊："夕阳西下几时回？无可奈何花落去，似曾相识燕归来。"

于是,"我在离金字塔三四百米的地方弯下腰,抓起一把沙子,默默的松手,让它撒落在稍远处,我低声说:我正在改变撒哈拉沙漠。"接着就有"向大海中撒一把盐,说我制造了海"。于是,"你不能两次插足在同一河水中",接着就有"你可以回到起点,但已不是昨天"。于是,换汤不换药,换瓶不换酒,换衣服不换人,换作料不换菜。这样的句子陆续产生。抗战后期,国民党军队的口号"一寸山河一寸血",老早就有一寸山河一寸灰,一寸山河一寸金。

胡适之曾有豪言壮语:"不让孔丘朱熹牵着鼻子走"。有人认为脱胎石头和尚的"不向如来行处行",如来走过的路他不走。他是唐代著名的禅师,虽然我们知道禅宗解脱有快捷方式,读到他这句话还是有些惊讶。有人替他解释,他所谓"如来"是泛指当时各宗派当家掌门的"大师"。作家中间有人强调创新,反对效法古人,提出"不踩着福楼拜、托尔斯泰的脚印走",像是胡适的和声,有人干脆说"不向李杜行处行",那就是石头和尚的回声了。心中的意见是反对模仿古人,口头表述的时候不能脱离古人,也可见"模仿之必要"了。

五四运动兴起的白话新文学,以除旧布新成军,实际上也不能免于模仿。

鲁迅《我的失恋》：

我的所爱在山腰；
想去寻她山太高，低头无法泪沾袍。
爱人赠我百蝶巾；回她什么：猫头鹰。
从此翻脸不理我，不知何故兮使我心惊。

我的所爱在闹市；
想去寻她人拥挤，仰头无法泪沾耳。
爱人赠我双燕图；回她什么：冰糖壶卢。
从此翻脸不理我，不知何故兮使我胡涂。

我的所爱在河滨；
想去寻她河水深，歪头无法泪沾襟。
爱人赠我金表索；回她什么：发汗药。
从此翻脸不理我，不知何故兮使我神经衰弱。

我的所爱在豪家；
想去寻她兮没有汽车，摇头无法泪如麻。

爱人赠我玫瑰花；回她什么：赤练蛇。

从此翻脸不理我，不知何故兮——由她去罢。

鲁迅这首诗可以说妇孺皆知，当年编国文教科书，必须有鲁迅作学子师表，大师的小说太长，杂文不适合青少年学习，选来选去，都是选这首诗和散文《秋夜》，于是"我家有两棵树"和"由她去罢"等新潮文句深入不见天日的深宅大院和不蔽风雨的茅屋陋室。这首诗整体模仿汉代张衡的《四愁诗》：

我所思兮在太山。

欲往从之梁父艰，侧身东望涕沾翰。

美人赠我金错刀，何以报之英琼瑶。

路远莫致倚逍遥，何为怀忧心烦劳？

我所思兮在桂林。

欲往从之湘水深，侧身南望涕沾襟。

美人赠我琴琅玕，何以报之双玉盘。

路远莫致倚惆怅，何为怀忧心烦怏？

我所思兮在汉阳。

欲往从之陇阪长,侧身西望涕沾裳。

美人赠我貂襜褕,何以报之明月珠。

路远莫致倚踟蹰,何为怀忧心烦纡?

我所思兮在雁门。

欲往从之雪雰雰,侧身北望涕沾巾。

美人赠我锦绣缎,何以报之青玉案。

路远莫致倚增叹,何为怀忧心烦惋?

诗分四段,各段以同样的句式回环往复,每段注入不同的内容,这个形式我们应该学习,可惜那时国文教师不能从这个角度发挥。若论这首诗的内容,那时还是《少年维特之烦恼》塑造青少年的恋爱哲学,大师这种"打油"的态度,尚有轻佻儇薄之嫌,教师既不能认可,也不敢否决。当年大师写好了这首诗,寄给北京的《晨报》副刊,《晨报》副总编辑代理总编辑不准刊登,副刊老编孙伏园大怒,打了副总编辑一个耳光,立即辞职。这位副总编辑由于偶然的机缘,在文学史上留下了名字。

据说鲁迅写这首诗讽刺徐志摩,所以称为"戏作"。

后来世风演变，年轻人不愿再为爱情吃苦，离合去留之间没那么严肃，大师一句"由她去罢"或者有教化之功。

鲁迅有一篇散文，题目是《风筝》，并非"戏作"，倒也模仿了日本作家志贺直哉的《清兵卫与葫芦》（我读的是吴昭新的中译），两篇作品的内容情节对照如下：

清兵卫（是个孩子）爱葫芦，小弟（也是孩子）爱风筝。

清兵卫每天沿街看商店里的葫芦，小弟时时看天上的风筝。

清兵卫买许多葫芦，保养葫芦，小弟秘密制作各种风筝。

老师认为清兵卫没出息，"我"认为小弟没出息。

父亲打碎葫芦，"我"撕毁风筝。

志贺直哉暗示老师和父亲错了，鲁迅明白表示"我"后悔了。

从前的父母师长用一个刻板的模式塑造孩子，埋没天赋，戕害心灵，鲁迅一直有严厉的批评。可以想象，他某一天读了志贺直哉的《清兵卫与葫芦》，又兴起"救救孩子"的热情，马上写成这篇《风筝》，表示响应。他一点也没避讳整篇模仿。

痖弦有一首诗，以"温柔之必要"为基本句型，一连用了十九个"必要"，反映了社会变化产生的无奈，一切的必要带来的是不必要。一个句型通篇到底，前无古人。痖弦在一九六四年写成的这首诗，触动了台湾的潜意识，这样一首诗，使爱诗的人津津乐道、朗朗上口。呆板的句型、琐碎而没有逻辑关联的含义，仍然有轻快流利的节奏，而且酿造喜趣。这首诗有多人仿作，名诗人陈育虹也有一篇。

陈育虹以"活着之必要"开篇，以下有三十四句"必要"，又以"活着之必要"结束。意象切断，节奏跳跃，不在话下。也许因为他的"必要"比痖弦多，常把好几个"必要"组成一段，"自由之必要无所事事之必要散步之必要发呆白日梦之必要"是一段，我们看得这几个"必要"相互之间有关联，"巴哈之必要一点点任性之必要无可无不可之必要写诗之必要玻璃天窗之必要"另成一段，这一段里面的几个"必要"似乎相互之间没有关联，找书不易，以我在网络上搜寻所见，这些句子都不加标点，这就使全首诗蒙上梦幻般的色彩。

两个天才不会彼此完全相同，陈育虹和痖弦时代背景不同，成长的经历不同，他们的诗更没有理由相同，陈育虹模仿痖弦，大概是喜欢"如歌的行板"所创的形式，偶一为之。他们都用一个一个"必要"拼图，拼出来的是两个不同的图画。

痖弦以"必要"成诗，陈育虹继之；舒婷以"一切"成诗，北岛继之。

舒婷说"不是一切大树都被暴风折断／不是一切种子都找不到生根的土壤"等等。北岛说"一切都是命运／一切都是烟云／一切都是没有结局的开始"等等。朋友们如果认真研求，可以上网或者买书读他们的原作。我们为什么要读书？原因之一，书里有那么多成品可以供我们取法，可以斟酌损益，触类旁通。读书，我们才知道有人写到黑森林去猎一只黑鸟，有人写到黑屋子里去捉一只黑猫，有人写到黑海里去捕一条黑鱼。当年前贤有人强调作家的要务是去生活，不是读书，他大概是安慰没机会读书的人，那年代遍地都是失学的青年。

古人吟诗作文也常常整篇模仿。苏东坡的琴诗："若言琴上有琴声，放在匣中何不鸣？若言声在指头上，何不于君指上听？"这位大诗人提出来的问题怎么这样奇怪，琴声当然在琴上，不在指上，指上纵有声音，也是掌声，弹指声，不是琴声。手指的作用不是自己发声，而是拨动琴弦使它振动发声。后来知道苏东坡以佛经经文为蓝本写成这首诗，其中有佛理，我们就得重新说起了。

《文殊师利问经》记述佛告文殊师利：我们鼓掌的时候，

声音是从左手发出来,还是从右手发出来?如果是某一只手发声,为什么一个巴掌不响?佛接着提出答案,两个巴掌才拍得响,因缘合在一起才有成就。苏东坡的诗只提问题,没有答案,一方面表示诗要含蓄,留着一半让读者去想,一方面也表示这个问题还可以有另外的答案。

我们由"左手发声还是右手发声",可以联想佛经的另一个故事:风动还是幡动。回顾一下:琴鸣还是手指鸣,左掌有声还是右掌有声,风动还是幡动,它们像孪生的三姊妹一同走来。我们一向认为"风动还是幡动"不是问题,佛教禅宗就是要打破你我的约定俗成,你我的理所当然。惠能大师说,不是幡动,不是风动,是心动。(倘若没有心,那就没有风也没有幡。)有人进一步说,风动还是幡动,要看你关心的是幡还是风,以幡为主体,幡动,风是幡的推力,以风为主体,风动,幡是风的征候。《三国演义》记赤壁之战,欲破曹兵,须用火攻,万事俱备,只欠东风。发动总攻击的那天夜晚,大家紧张地望着战船上的旗帜,看它什么时候动,往哪个方向动,他们不是等幡动,他们等风动。

郑板桥有一段名言,提倡难得糊涂,他传世的墨宝有这么一件:"聪明难,糊涂难,由聪明而转入糊涂更难。

放一着，退一步，当下心安，非图后来福报也。"他是见到一位隐士，隐士的砚台上刻了一段铭文："得美石难，得顽石尤难，由美石转入顽石更难。美于中，顽于外，藏野人之庐，不入富贵门也。"他喜欢那一段话，就用模仿表示对那位隐士敬礼。

谈来谈去都是模仿，那么创新怎么办呢？我们都不会忘记创新，作家艺术家的天职是创新，但是创新没法教，也不能学，老师只能教世上已经有的东西，你学书法，他可以教你秦篆汉隶，教你王羲之柳公权，你只能学世上已经有的字，不能学世上还没有的字。既然世上有个王羲之，你写王羲之就不是创新了，就是二手货了。创新是无中生有，教学是有中生有，有中生有是模仿，广义的模仿。也许是这个缘故，先贤有人说写诗写小说都没有方法，不能训练，也许是这个缘故，有些作家艺术家去坐禅，去学密宗，他把创新当作一种神秘经验，有些音乐家试验用计算机作曲，用自动的机械作画，为的是摆脱古今音乐家和画家的支配。

不过这并不是最后的结论，许多大师级的作家艺术家留下证词，他们都有一个学习的阶段，这个阶段很长，很辛苦，很动人。有一位书法家每天写几千字，把眼睛写坏了，有一位书法家写秃了几百支毛笔，堆成一个小小的"笔家",有位画家画了一万张画,全部烧掉再画。画家,书法家,都模仿到可以乱真,可以为老师代笔。作家也一样,他不是逢年过节才写一首诗,他几乎天天写诗,每首诗都反复修改,"一诗千改心始安"。散文作家朝夕揣摩,把自己的内容装进别人的形式里,或者把别人的内容装进自己的形式里,乐而忘倦。他们"也向如来行处行",也曾"踏着托尔斯泰的脚印走",这是作家成长的一个阶段。"李侯有佳句,往往似阴铿",连大天才李白也不例外。

这些人专心模仿,后来怎么能创新?他们并不是只向一个人学习,他们前后向很多人学习,学了一家又一家。王羲之"学书先学卫夫人",打下基础,然后他学李斯、曹喜、钟繇、梁鹄、蔡邕、张昶。柳公权起初学二王,即王羲之、王献之,然后学欧阳询、虞世南、褚遂良,最后还去学颜真卿。大艺术家也有老师,他不止一位老师,借用杜甫一句诗,这叫"转益多师是汝师"。

杜甫自己说"颇学阴何苦用心",他学过阴铿、何逊。郑板桥自己说"少年好游冶学秦柳,中年感慨学苏辛,老年淡忘学刘蒋"。他学过秦观、柳永、苏东坡、辛稼轩、刘过、蒋捷。郑板桥也是画家,他学过徐渭,传说他自称"徐青藤门下走狗"。齐白石学篆刻,先后学过丁龙泓、黄小松、赵之谦、吴昌硕，还有天发神谶碑、三公山碑，最后看见"秦权"，刀法再变，秦权是秦朝铸造的一种砝码，上面有文字。袁子才用一首诗说明他自己的一段历程："我道不如掩其朝代名姓只论诗，能合吾意吾取之，优孟果能歌白雪，沧浪童子亦吾师。否则三百篇中嚼蜡者，圣人虽取吾不知。吁嗟呼！昆仑太华山自高，终日孤倨殊寂寥，其下潇湘武夷亦足供游遨。"

转益多师，收集了很多艺术要素和表现技法，这些东西会在你心中化合，仿佛蜜蜂采百花以成蜜。这个内在的化合物经过创作活动，改变了你的作品，你本来写张像张，写李像李，今后你的作品再也不是某张某李的模样，里面却含有某张某李的成分。这时候，你自成一家了，也就是创新了。以后你会成为别人模仿的对象，原创出世正是要供人模仿，作家的全程是始于模仿别人，终于被别人模仿。文化发展的轨迹是少数创造多数模仿，创新要能够引起模仿才有意义。每一次创新都是文化遗产的总量再加上一，文化遗产就是这样丰厚起来。

王德威教授梳理这一段发展，描述为"似父，弑父，是父"，很新颖也很有趣。作家要先找到一个权威，一个教父，一笔一画学他，亦步亦趋学他，直到你学到跟他十分相似，似父。然后，你得离开他，企图超越他，在艺术上背叛他，弑父！另外去找一个教父，再一笔一画学他，亦步亦趋学他。经过转益多师，你成家了，创新了，你就是权威，就是教父了，是父。然后呢，大概是你每天坐在讲台上，等人家来"弑父"。

选自《灵感》

写在《关山夺路》出版以后

最近,我和作家朋友有一次对话。他说:咱们这么大年纪了,还写个什么劲儿呢!我说,我们是干什么的,我们不是要为社会为读者写东西吗?他说,现代人写回忆录时兴别人替你执笔啊。我说,我是厨子,我请客当然亲手做菜。你已写过很多了!是的,我已经写过不少,可是我总是觉得不够好,总希望写出更好的来。你现在写得够好吗?我不知道,我听说"从地窖里拿出来的酒,最后拿出来的是最好的"。

回忆录第一册《昨天的云》,写我的故乡、家庭和抗战初期的遭遇。第二册《怒目少年》,写抗战时期到大后方做流亡学生，那是对我很重要的锻炼。第三册《关山夺路》，写国共内战时期奔驰六千七百公里的坎坷。以后我还要写第四本，写我在台湾看到什么，学到什么，付出什么。我要用这四本书显示我那一代中国人的因果纠结，生死流转。

抗日战争时期。我曾经在日本军队的占领区生活，也在抗战的大后方生活。内战时期，我参加国民党军队，看见国民党的巅峰状态，也看见共产党的全面胜利，我做过俘虏，进过解放区。抗战时期，我受国民党的战时教育，受专制思想的洗礼，后来到台湾，在时代潮流冲刷之下，我又在民主自由的思想里解构，经过大寒大热，大破大立。那些年，咱们中国一再分成两边：日本军一边，抗日军一边；国民党一边，共产党一边；传统一边，西化一边；农业社会一边，商业社会一边——由这一边到那一边，或者由那一边到这一边。有人只看见一边，我亲眼看见两边，我的经历很完整，我想上天把我留到现在，就是教我作个见证。

今天拿出来的第三本回忆录《关山夺路》，写我经历的国共内战。这一段时间大环境变化多，挑战强，我也进入青年时代，领受的能力也大，感应特别丰富。初稿写了三十多万字，太厚了，删存二十四万字，仍然是三本之中篇幅最多的一本。

国共内战，依照国民政府的说法，打了三年，依中国共产党的说法，打了四年，内战从哪一天开始算起，他们的说法不同。内战有三个最重要的战役，其中两个辽沈、平津，我在数难逃，最后南京不守，上海撤退，我也触及灵魂。战争给作家一种丰富，写作的材料像一座山坍下来，作家搬石头盖自己的房子，搬不完，用不完。内战、抗战永远有人写，一代一代写不完，也永远不嫌晚。

我们常说文学表现人生，我想，应该说文学表现精彩的人生，人生充满了枯燥、沉闷、单调，令人厌倦，不能做文学作品的素材。什么叫"精彩的人生"？

第一是"对照"。比方拉锯战，这边来了又走了，那边忽然走了又来了，像走马灯。在拉锯的地区，一个村子有两个村长，一个小学有两套教材。这都是对照，都很精彩。

第二是"危机"。比方说，解放军攻天津的时候，我在天津，我是国民党部队后勤单位的一个下级军官，我们十几个人住在一家大楼的地下室里。一九四九年一月十五日早晨，解放军攻进天津市，我们躺在地下室里，不敢乱说乱动，只听见阶梯口有人喊："出来！出来！缴枪不杀！"

接着咚咚咚一个手榴弹从阶梯上滚下来。我们躺在地板上睡成一排,我的位置最接近出口,手榴弹碰到我的大腿停住,我全身僵硬麻木,不能思想。我一手握住手榴弹,感觉手臂像烧透了的一根铁,通红,手榴弹有点软。叨天之幸,这颗手榴弹冷冷地停在那儿没有任何变化。那时解放军用土法制造手榴弹,平均每四颗中有一颗哑火,我们有百分之二十五的机会,大概我们中间有个人福大命大,我们都沾了他的光。这就是危机,很精彩。如果手榴弹爆炸了,就不精彩了,如果没有这颗手榴弹,也不够精彩。叨天之幸,有手榴弹,没爆炸,精彩!

第三是"冲突"。比方说,平津战役结束,我在解放区穿国民党军服,这身衣服跟环境冲突,当然处处不方便,发生了一些事情,今天想起来很精彩。后来由于一次精彩的遭遇,我又穿解放军的衣服进入国民党的地盘,我的衣服又跟环境冲突,又发生了一些精彩的事情。冲突会产生精彩。

在《关山夺路》这本书里,对照、危机、冲突各自延长,互相纠缠,滚动前进。杨万里有一首诗:"万山不许一溪奔",结果是"堂堂溪水出前村"。我们家乡有句俗话:"水要走路,山挡不住。"我还听到过一首歌:"左边一座山，右边一座山，一条河流过两座山中间。左边碰壁弯一弯，右边碰壁弯一弯，不到河心不甘。"国共好比两座山，我好比一条小河，关山夺路，曲曲折折走出来，这就是精彩的人生。

由第二册回忆录到第三册，中间隔了十三年，这是因为：国共内战的题材怎么写，这边有这边的口径，那边有那边的样板，我没有能力符合他们的标准，只能写我自己的生活、我自己的思想，我应该没有得失恩怨的个人立场，我入乎其中，出乎其外，居乎其上，一览众山小。而且我应该有我自己的语言，我不必第一千个用花比美女。如果办不到，我不写。

我以前从未拿这一段遭遇写文章。当有权有位的人对文学充满了希望、对作家充满了期待的时候，我这本书没法写，直到他们对文学灰心了，把作家看透了，认为你成事固然不足，败事也不可能，他瞧不起你了，他让你自生自灭了，这时候文学才是你的，你才可以做一个真正的作家。

战争年代的经验太痛苦，我不愿意写成控诉、呐喊而已，控诉、呐喊、绝望、痛恨，不能发现人生的精彩。愤怒出诗人，但是诗人未必一定要出愤怒，他要把愤怒、伤心、悔恨蒸馏了，升华了，人生的精彩才呈现出来，生活原材变成文学素材。如果我办不到，我也不写。可敬可爱的同行们！请听我一句话：读者不是我们诉苦伸冤的对象，读者不能为了我们做七侠五义，读者不是来替我们承受压力。拿读者当垃圾桶的时代过去了，拿读者当出气筒的时代过去了，拿读者当啦啦队的时代过去了，拿读者当弱势团体任意摆布的时代也过去了！读者不能只听见喊叫，他要听见唱歌。读者不能只看见血泪，他要看血泪化成的明珠，至少他得看见染成的杜鹃花。心胸大的人看见明珠，可以把程序反过来倒推回去，发现你的血泪，心胸小的人你就让他赏心悦目自得其乐。我以前做不到，所以一直不写，为了雕这块璞，我磨了十三年的刀。

多少人都写自传，因为人最关心他自己；可是大部分读者并不爱看别人的自传，因为读者最关心的也是他自己，所以这年代，人了解别人很困难。我写回忆录在这个矛盾中奋斗，我不是写自己，我没有那么重要，我是借自己的受想行识反映一代众生的存在。我希望读者能了解、能关心那个时代，那是中国人最重要的集体经验。所以我这四本书不叫自传，叫回忆录。有些年轻朋友说，他的父亲或者祖父那一代到底发生了什么事，他知道的太少，所以对父亲祖父的了解也很少，他读了这本书多知道一些事情，进一步了解老人家。他太可爱了！

国共内战造成中国五千年未有之变局。我希望读者由我认识这个变局。可能吗？我本来学习写小说，没有学会。小说家有一项专长："由有限中见无限"，他们的这一手我学到了几分。当初我在台湾学习写作的时候，历史家汤因比的学说介绍到台湾，他说历史事件太多，历史方法处理不完，用科学方法处理；科学的方法仍然处理不完，那就由艺术家处理。他说艺术家的方法是使用"符号"。照他的说法，文学作品并不是小道，艺术作品也不是雕虫小技，我一直思考他说的话。

我发现，凡是"精彩"的事件都有"符号"的功能，"一粒沙见世界，一朵花见天国"，那粒沙是精彩的沙，那朵花是精彩的花。我本来不相信这句话，诗人帮助我，一位诗人颠覆庄子的话作了一首诗，他说"我把船藏在山洞里，把地球藏在船上"。还有一位诗人写《下午茶》，他说下午在茶里。牧师也帮助我，"一粒麦子，落在地里死了，就结出许多籽粒来。"法师也帮助我，他说"纳须弥于芥子"。四年内战，发生多少事情，每一天都可以写成一本书，每一个小时都可以写成一本书，我用符号来处理，我写成一本书。

中国人看国共内战，这里那里都有意见领袖，这本书那本书都有不同的说法。我写第一册回忆录《昨天的云》尽量避免议论，维持一个混沌未凿的少年。写第二本《怒目少年》，我忍不住了，我用几十年后的眼睛分析四十多年以前的世界。现在这本《关山夺路》，我又希望和以前两本不同，我的兴趣是叙述事实，由读者自己产生意见，如果读者们见仁见智，如果读者们横看成岭、侧看成峰，我也很高兴。

除了跟自己不同，我也希望跟别人不完全相同，有许多现象，别人没写下来，有许多看法，以前没人提示过，有些内容跟人家差不多，我有我的表达方式。我再表白一次，我不能说跟别人完全一样的话，我是基督徒，我曾经报告我的牧师，请他包容我，一个作家，他说话如果跟别人完全相同，这个作家就死了！做好作家和做好基督徒有矛盾，好基督徒要说跟牧师一样的话，说跟教友一样的话，作家不然，我的同行因此付出多少代价，大家衣带渐宽终不悔。今日何日，为什么还要勉强做学舌的鹦鹉？为名？为利？为情？为义？还是因为不争气？

我的可敬可爱的同行们！"自古文人少同心"，我说的话应该跟你不一样，你说的话也应该跟我不一样。东风吹，战鼓擂,今天世上谁怕谁!一个人说话怎么总是跟别人不一样?这样的人很难做好教徒,能不能做好雇员?好朋友?好党员?可怜的作家!他只有一条路,就是做好作家,他是一个浮士德,把灵魂押给了文学。

文学艺术标榜真善美,各位大概还记得有一首歌叫《真善美》,周璇唱过,咱们别因为它是流行歌曲就看轻了它,写歌词的人还真是个行家:

> 真善美。真善美,他们的代价是脑髓,是心血,是眼泪。……是疯狂,是沉醉,是憔悴。……多少因循,多少苦闷,多少徘徊,换几个真善美。多少牺牲,多少埋没,多少残毁,剩几个真善美。……真善美,欣赏的有谁,爱好的有谁,需要的有谁……

这首歌唱的简直就是一部艺术史!内战四年,千万颗人头落地,千万个家庭生离死别,海内海外也没产生几本真正的文学作品。我个人千思万想,千方百计,千辛万苦,千难万难,顾不了学业,顾不了爱情,顾不了成仁取义、礼义廉耻。看见多少疯狂,多少憔悴,多少牺牲,多少残毁。我有千言万语,欲休还说。我是后死者,我是耶和华从炉灶里抽出来的一根柴,这根柴不能变成朽木,雕虫也好,雕龙也好。我总得雕出一个玩意儿来。……我也不知道欣赏的有谁,爱好的有谁,需要的有谁。一本书出版以后有它自己的命运,自己的因缘。

最后我说个比喻,明珠是在蚌的身体里头结成的,但是明珠并不是蚌的私人收藏。回忆录是我对今生今世的交代,是我对国家社会的回馈,我来了,我看见了,我也说出来了!

在《关山夺路》新书发表会上讲话,2006年7月,纽约

第四辑 吾乐吾群

客至

　　花开客来，花谢客去，瓶花生机尽矣，枝头有余香，宾主谈兴亦尽，几椅间有余音，欲追流光，奋笔速记。

　　您的精气神都还不错。您也有养生之道吧？健康长寿是现在媒体最热门的话题之一，香烟、鸡蛋、肥肉、糖果，这些东西的销量很受影响。万圣节夜晚，孩子照样出来讨糖，糖果带回家，倒进垃圾桶里去了。电影里已经看不见明星吸烟的镜头。数字证明，现代人也确实比从前的人长寿。养生，除了这些人所共知的诫命以外，您还有独得之秘吗？

我平素并不很注意自己的身体，年轻的时候当兵，那时军中没有"养生"这个观念。再说我现在谈养生好像也还早？通常是百岁的人瑞，接受新闻媒体的采访，才一问一答，好像也没什么新鲜内容。

我在物资匮乏的环境中成长，人家的床是"席梦思"，我的床还是硬木板，人家吃精米白面，我的食物里有糠麸。谁料新学说出现，睡硬床、吃粗粮对身体好，连洗澡水也是凉水胜热水，超级市场卖谷糠麦糠，餐馆里粗面馒头比白面馒头值钱，一时之间，败部复活。我的生活有很多地方跟养生之道暗合，真是老天疼憨人。

好像人人都说，要想身体好，起居作息要有规律，例如说，不要熬夜，工作时间不要太长，除了工作时间还要有运动的时间。我知道很多作家办不到，也有一些作家能在退休之后做到，因为他自由了。您呢？早已退休了，一天之中，通常在什么时间写作？什么时间运动？

我在报馆工作了二十多年，夜晚上班，我的生活规律早就定型了，这就是"职业造人"，退休以后想改也改不过来，才知道享受自由没么容易。我的前辈们主张在每天早晨写作，"用最好的时间做最重要的工作"，他们也没能做到。

我的经验，写作最好的时间是你心念忽然萌动，也就是通常所谓灵感来了，哪怕是三更半夜，你马上爬起来直扑书桌，不要等到睡觉睡足了再说，时机稍纵即逝，以后再也找不回来。这样，后半夜很容易失眠，如果第二天上午还有个什么应酬要到场，这就离养生之道远了。所以作家的健康往往不大好，赶不上书法家和画家。

我也定过一个作息时间表，不久我忽然觉悟，所谓作息规律只适合两种人，一是隐士，一是皇上。没有人能够忽然闯进皇帝的书房喇喇不休，也没有人能够拉着伯夷叔齐走下首阳山开个会。我们不行，我是在世事冲击中时时调整身段的人，没办法好好地打完一套太极拳。

您是怎么样描述生命、或者生活的？

在我看来，生命和生活几乎是一体两面，生命是生活的意义，生活的价值，生活是生命的现象，生命的化身。文学创作写生活，借着生活显现生命，批判生命。也就是明写生活，暗写生命。它的成功失败，在乎他怎样看生命，怎样写生活，并不在乎他写了什么样的生活。这不是彗星一闪就可以照亮的事情，所以做作家要奉献一生。

什么缘故使您能对文学奉献一生？尤其是一再遭逢颠沛造次，外力改变了千万人的初衷，何以能允许在您的心田里仍然活着这样一颗种子？

人生是长途跋涉，变化很多，可是也总会有一样东西始终陪着他，我是说在精神上始终不离开他。

在我这一生，这样东西就是文学。对我来说，文学是个综合体，它包括兴趣、工作、思考，包括退让、追求、对抗。人生也就是这些东西，所以文学和我可以一生一世永不分离。

您的文学生活漫长，而您善于长话短说。可否请您用极短的篇幅，演示它的开头、中段和结尾？

最早是为了一杯水，一碗饭，所谓自古英雄无大志，我把文学当作一门手艺。我乱世为人，肚子里苦闷太多，脂肪和蛋白质太少，写文章能把苦闷赶出去，把脂肪蛋白质送进来。人的企图心都是慢慢增长的,所谓见贤思齐,得陇望蜀。本来是图暂时的温饱,没想到精神上从此不知足了。应该也在意料之中,因为文学是很迷人的。

有些作家,以前曾经是热门人物,他对文学很热,读者对他也很热。现在文学的生态改变,市场对作家冷淡了,作家也对文学冷淡了,有些作家停笔不写了,他说文学不值得他耗费心血,有人宣布文学已经死了,良医怎么会去医死马?您怎么看待这个现象?

有些老作家放下了笔,也有些年轻人提起笔来,我们欢迎老作家继续,更欢迎新作家继起。人生是不停的选择,政治不能改变的,经济能改变。对文学已经做出贡献,斟酌情况,适可而止,也是潇洒。人人有自尊心,情人分手,男女都说自己把对方甩了,我们都能理解。倒是江淹能用文学的方式,他说他的五彩笔交回去了。

即使书的市场繁荣,写作的人又能得到多少利益?在一个开放的社会中,我们没有理由要人人贫贱不移,无论老作家新作家,都不为了那一丁点子现实利益安排他的一生。偶然到此一游,迟早要奔向下一个日程。一定要有人以写作为癖好，为使命，非此不乐，欲罢不能，他在这里安家落户。古人说，收成不好，农夫仍然要耕田，冬天太冷，渔人仍然要捕鱼，没人看见，兰花仍然放出香气。当然，你不能希望每个人都如此，秋天来了，树叶会落下来，没什么，春天来了，树叶又会长出来，因为树还在。

由专业写作改为业余玩票也很好，无所为而为，偶然一篇，必是佳构，即使从此久无声息，他仍在人海，相信他还会有下一个偶然。

作家真的"穷而后工"吗？这个"穷"，真的是穷途末路吗？有人说，作家的社会地位高，作品容易受人注意，对文学的发展有利。唐诗宋词盛极一时，那时王侯将相都能写作，到了元曲，就和上层社会不相为谋，今天文学的姿态很像元曲。……您有看法没有？

俗语说名高好题诗，官大好办事，说得文雅一点，学以位显，艺以位传，财以位聚，事以位成。现在名媛贵妇学画成为一时风尚，画坛的气象自有一番不同，名流显宦喜欢结交音乐家，大家觉得音乐好高贵，很多人因此亲近音乐。

一般来说，文学作家在现实社会的低层，富贵之家为他筑一道防火墙。要说为什么，我猜当年文学多半"左倾"，作家是当局猜防的对象，有钱的人怕事。文学的题材多半反映贫贱生活，没有正面人物代表金钱和权势，作家也因此从上流社会分化出来。还有一个原因，传播学者做过研究，读书确实比看画听音乐辛苦。

当年我在台北，有一位"官二代"想办文学出版社，派人找我谈谈。我那时有几分愤世嫉俗，跟他讲了一个小故事，我说从前有个富贵双全的人，偶然也学着画几笔，有一天他画了一个扇面，拿给一个读书人看，这个读书人立刻就朝他下跪，用哀求的语气说："在这世界上一切好东西都是您的了，只剩下这几笔，您就高抬贵手留给我们吧！"

我那时不懂事，错了，"有钱的人好办事"，他办出版社绝非为了蝇头微利，我们办事没有财务压力，一旦有米为炊，就可以为文学多多少少尽一点心。那个投资的人即便有文学以外的动机，像附庸风雅之类，总胜似到澳门豪赌。我们应该欢迎他，即使有一丁点儿奉承也无妨。

某一位非常有钱的人说，他现在寻找有人替他花钱，找人花钱比找人赚钱还难，我们应该懂得他的意思，我们中间应该有人觉得惭愧。有钱的人捐了多少金银给博物馆，给交响乐团，给画家舞蹈家，文学呢，可曾入选？纯正的文学作品，也会像中国的京戏、意大利的歌剧，需要财团支持，我们怎样去得到富人的信任？

您的生活背景，过往的历史记忆，对您的作品产生了什么样的影响？比方说，您一心一意要为历史作见证？

文学作品是通过自己的生活写出群体的生命，生活经历当然影响他的作品。我得强调一下，生活经历影响他的作品，不是决定他的作品。生活经历是作品的题材，作品除了题材，还有形式美，还有高度和深度。有些作品能通过自己的生活写出人类的生命，有些作品甚至不能通过生活写出自己的生命。

为历史作见证是我写回忆录的抱负，这是很低的抱负，我想达到的高度和深度不止如此，但是我究竟做到了多少，要听别人的批评分析。

您多次提到宗教信仰对写作的人有帮助，您认为最大的影响是什么？

"最大的影响",这个提法很好。宗教起源于一国一族,都有种族色彩和地域色彩。有些宗教跨出发源地向普世广传,就得把种族偏见和地域偏见逐渐滤除,使天涯海角各色人等都乐于接受,所以宗教有一个进化的轨迹,我从这个轨迹中得到很大的帮助,使我能提高作品的境界。可以说,我从宗教史得益多过从教义得益。

您对文艺奖的看法?

文艺奖是对文艺这一个门类的尊重,对文艺这一个行业的肯定,在技术上它只能选出几个人来做代表,它奖励的是过去、现在、未来所有的文艺作家。得奖的人应该谦卑,还没得奖的人应该高兴。

有人说,台湾的文学奖太多了。您认为呢?

网络资料,据诗人向阳调查,台湾在二〇〇三年有五十种文艺奖,后来又有增加,这个数目使人感觉台湾很注意奖励文学。我在台湾经历过没有文学奖的时代,那时候大家希望"有",后来有了一个文学奖,大家又希望"多",

那时绝没料到有一天会提出这么一个问题来：文学奖是不是太多了？

当年我的想法，文学也像体育，有县级的运动会，有省级的运动会，有全运会，有世运会，各级运动会都有它的金牌银牌，作家也像运动员一样拾级而登。文学奖也像办杂志一样，按作品的主题分类设奖，奖守法，奖宽容，奖族群和谐，奖男女平等，佛陀有个菩提的奖，基督有个无花果奖，新诗有个胡适奖，旧体诗有个太白奖，一年一度，各家评审从作品中寻找授奖的对象。那时候台湾经济还不发达，不能不想到奖金的来源，我认为文学奖的价值不在奖金多少，在乎谁是评审委员，评审者受尊敬，有公信力，奖状上有全体评审的签名，这就抵得上高额的金钱。

在"只有一个文学奖"的年代，大家对这个奖的期望太殷切，对得奖人的检视也太严格，每年发奖以后都有一场争执，左右社会观感，得奖人很受挫折，有失设奖的本意，如果经验有价值，多几个文学奖也好。至于究竟多少才适宜呢，难下断语，我觉得台湾目前还看不出"文学奖太多"的流弊来。

台湾有那么多文学奖，"大奖"的奖金很高，据说出现了"得奖专家",满足征文所设的条件,揣摩评审喜欢的风格,把作品制造出来,他今年在这一家得奖,明年在那一家得奖,这个现象恐怕不是您乐意见到的吧?

文学奖可能给作家一个写作的方向,"为得奖而写作"应该在计算之中。今年得这个奖,明年得那个奖,只要作品的精神面貌一致,风格可以变化。

如果,仅仅是如果,"为得奖而写作"的人像墙头草一样,人家要求妇女回厨房去,他得奖,人家鼓励娜拉走出家庭,他也得奖,您怎样评论他?

这要看他写的是什么体裁:如果写的是散文,有些不妙;如果写的是短篇小说,我会睁大了眼睛看他,他能写各种性格不同的人物,有厚望焉。这就是散文和小说的一大分别。

有些人更希望他的小说改编电影,改编权可以卖很多钱,小说家的知名度更可以大大提高。有人因此照着电影剧本的要求构思他的小说,文友们不以为然。写小说的人心里不能有文学奖?不能有电影?那么小说到底是什么?

电影是戏剧，要求戏剧效果，它的题材要有"戏剧性"。人生里面有戏剧性，但是并不像电影戏剧要求得那么多，那么按照计划出现，我们常常听到他们说"制造戏剧效果"，它有太多的"人为"，小说就比较"自然"。

电影向小说取材，或是借重作家的名气，争取他的读者，或是看中作品的创意，可以借题发挥，至于题材内容，通常填不满那个叫作"戏剧结构"的模子，编导需要切去赘肉，隆鼻染发，甚至取它的基因重新造人，这就是"形式决定内容"，小说中原有的微言苦心就不见了。一般而言，小说是"内容决定形式"，多半不适合搬上银幕。

如果哪一位小说家了解电影，对电影有情，他在取材布局的时候就顾到悬疑、伏线、笑料、高潮、人物动作、背景画面，他能满足改编剧本的需要，电影编导当然乐意采用，改编电影以后，这本小说所受的"损害"很小，我们乐观其成。不过这本小说在电影的制片和导演眼中并不是小说，而是戏剧的"本事"，有些文友对这件事有非议，乃是不满意这种"低就"。

现代读者很难摆脱"媒体的眩惑"，一本小说经过电视、电影、翻译几度轮回，就成佛成仙了。我个人的感觉，文学因此多一条路，文学作品因此多一条路。我不反对有人这样做,当然不主张人人这样做。

什么样的作品才是好作品?有人说,今天的读者大众不能分辨作品好坏,作者也就在写作的时候认为无须求好,文学理论家在评介作品的时候,也不像他的前辈那样,指出作品的修辞、结构、风格、境界有什么过人之处。读者大众要想分辨作品好坏,他得先有可以依据的标准,这个标准在哪里?

我的体会是,文学作品有各式各样的"好",有标准,但是没有独一无二的绝对标准。司空图的《诗品》指出好诗有二十四个标准,第一个是"雄浑",他对雄浑的描述是"反虚入浑,积健为雄。具备万物,横绝太空"。他的第九个标准是"绮丽",他的描述是"雾余水畔,红杏在林。月明华屋,画桥碧阴"。虽然他使用的语言并不精确,我们仍然可以意会,雄浑和绮丽不同,也许相反。在《诗品》当中,还有豪放和含蓄,典雅和疏野,大抵类似。

从前的"诗话"作家,也就是诗词评论家,曾经讨论唐诗七绝以哪一首最好,产生了几张名单,没有谁举出唯一的一首来,有人选出七首,那是有七种好,有人选出十首,那是有十种好，王昌龄的《出塞》，王之涣的《凉州词》，李白的《下江陵》，王翰的《凉州词》，王维的《渭城曲》，李益的《夜上受降城闻笛》，都入选了。王昌龄的《出塞》是这样写的："秦时明月汉时关，万里长征人未还。但使龙城飞将在，不教胡马度阴山。"王维的《渭城曲》是这样写的："渭城朝雨浥轻尘，客舍青青柳色新。劝君更尽一杯酒，西出阳关无故人。"李白的《下江陵》是这样写的："朝辞白帝彩云间，千里江陵一日还。两岸猿声啼不住，轻舟已过万重山。"这些诗很不一样，都很好，都最好。说句开玩笑的话，辛稼轩慷慨激昂，李后主忍气吞声，《水浒传》光明磊落，《金瓶梅》卑鄙龌龊，托尔斯泰始终如一，莎士比亚不拘一格，福楼拜中规中矩，乔伊斯乱七八糟，都好！都非常好！

夏志清教授说，唐诗不好，太短了。为他这句话网上吵成一团。大家很惊讶，夏教授是管领风骚的人物，他怎么说唐诗不好，唐诗的缺点怎么会是太短了。

夏先生接受访问，随口答话，他说话一向很随便。唐诗不好云云，他的书里也有，他一向认为中国文学远逊西洋文学，看书，他的意见原是很周延的，夏氏讲话粗枝大叶，难见花果，跟他写的书判若两人。中国缺乏长篇史诗，原是许多学者引以为憾的事，跟西洋文学比较，可以看出中国文学的短处。这是五四时代的新潮，至今犹能坚持此说的人很少了。

诗的"长短"，我看见过两次辩论。有人主张长诗优于短诗，认为艺术的"质"和量有比例上的关系，《战争与和平》绝非一个短篇所能齐观，难道泰山石刻不如一枚图章？长诗内容丰富，反映多面化或全面化，气象万千，形式美可以充分施展，短诗做不到。主张短诗优于长诗的人，认为抒情是诗的灵魂，若要拉长，必须叙事，那样就散文化了。他们提出了一个口号："长诗非诗"。

诗长诗短，见仁见智，用不着骇怪。

据《文学江湖》，您写了二十八年杂文，后来又有一个杂文专栏。您也一定读过很多杂文。网上有人评点杂文大家，意见很多，例如说鲁迅刻薄毒辣，梁实秋机巧圆滑，陈西滢有高等华人心态。您读前辈的杂文有什么独到的心得吗？

心得不少，"独到"很难。梁实秋笔下重情趣，鲁迅笔下有血性，所谓机巧圆滑，可能是情趣的贬词，刻薄毒辣，可能是血性的贬词。文学作品能否有情趣而不失庄重，有血性而不失忠厚？我们可以共同思考。

我喜欢陈西滢的风格，他受西方教育，有时用英美知识分子的视角看中国社会，对左翼作家有几分睥睨视之，所谓高等华人心态由此而来。今天看他的《西滢闲话》，文字平淡，语气从容不迫，未必有多大才华，散发英式下午茶的香气，这也是当时左翼最讨厌的资产阶级习气。

他也批评当时的南京政府，但是反对普通平民的抗争。

他反对的是当时左翼主导的抗争方式。

但是他又提不出另外的抗争方式，这就和当时的革命阵营产生重大的分歧，他也丧失了读者的支持。

三十年代文坛的争辩乃是一种战斗，左翼主攻。既是战斗，就不能谈君子之争，左翼斗志昂扬，战略目标清楚，战术犀利奇诡，处处占了上风，梁陈诸公无法抗衡。不过我听说今天大陆的读者已重新发现了胡适、陈源、梁实秋的优胜之处，真是此一时也，彼一时也。

大陆许多人仍然把他们归入自由主义一类，一个自由主义的知识分子，只凭自己内心的感觉，忽略了社会的发展、大众的感受。

好像不是这个样子。以台湾为例，胡适之，蒋廷黻，殷海光，胡秋原，郑学稼，都不符合这个判断。

自由主义者所以"里外不是人"，因为当年天下不归于左，即归于右，而自由主义者自以为居中，所以"左派拿他当右派打，右派拿他当左派打"（胡适语）。那时的主流思想认为"中立"并不是一种立场，它很软弱，两大角力的时候，它的中线随时可以调整，那时候的人对中立并不尊重。《西滢闲话》既批评政府，又反对群众以那样的方式自救，自己又提不出更好的办法，正是既不能左又不能右的一例。到了今天，历史证明左右俱失，世人对当年自由主义的窘境，也就同情多于责备了吧。

您重读自己的旧作吗？林文月女士有一篇文章，她重读自己的旧作，"有些字句在重读的时候却有一些陌生，有些事件和景象也相当模糊暧昧了。"您有这种感觉吗?

作品发表,好比"无可奈何花落去",旧作重读,好比"似曾相识燕归来"。

据我体会,如果我写的是抒情文,写出来的是当时的感受,后来感受忘记了,如果我写的是记叙文,写出来的是当时对事件的诠释,后来诠释改变了,多年后再读,就要疑惑"这是我写的吗"。早年的著述,有人称为"婴儿时代的鞋子",从前妈妈亲手给孩子做鞋,孩子长大了,看见密针细缕,胸中震动,后来鞋子都从百货公司婴儿部买来,"这是我的鞋子吗?"长大了的孩子也就是这么说一句罢了。

有些作品,像尼采所说用自己的血写成,我不轻易重读,如果重读,那感受仍然如当初一样锥心。对于我来说,这并非理想的状况,我一向主张"写别人的事情如写自己,写自己的事情如写别人"。

如果约集一些资深作家,请他们自道重读旧作的心情(痖弦重读《如歌的行板》,司马中原重读《莽原》,聂华苓重读《撒了一地的玻璃球》……),不知会是怎样的场面?

最近，您有很多本书在大陆出版，恭喜大陆出版界终于发现了您，算起来，已是您在台湾、香港出版了四十二本书之后，可以说是长期怀才不遇。您是否觉得很郁闷？

我跟大陆的读者结缘很早，例如二〇〇三年，山东文艺出版社出版了我的《讲理》，一本讨论作文方法的书，第二年又出版了我一本选集，《风雨阴晴》，当时的路英勇社长对我这个山东游子算是很关心的了。

你相信缘分吗？作者，出版者，读者，缘分到了自然会相遇，缘分未到，我可以等。有的书像花，花信风吹过来，它一定得在季节之内开放，赏花的人也一定得赶上花季；有的书像树，你也许明年才有机会看到它，也许要三年五年之后才看到它，没关系，它会在那儿。你看大陆多少大树、多少岩石、多少清泉瀑布隐藏在山里，这些年发展旅游事业，开发观光景点，都露出来了。

二〇一三和二〇一四这两年，大陆出版您的书，可以说相当密集，这个缘分是怎么开始的呢？它发展的脉络又是怎样的呢？

可以说由北京三联扩大展开。我小时候常读生活书店出版的书,出国后常读香港三联发行的书,三联的形象常在心中,可是我没想到我的书能由三联出版。二〇一一年,我先收到北京三联资深编辑饶淑荣女士的信,后收到总编辑李昕先生的信,具体讨论我的回忆录出版简体字本,我的感觉是"叶公好龙而真龙入室"。最后以回忆录为新娘,以作文四书、抒情四书、人生四书为陪嫁,跟三联签约,一时之间仿佛儿娶女嫁,向平愿了,可以入山修道去了。

您的回忆录有一大特色,在那个兴废循环、各为其主的时代,您能作冷静的观察,中性的叙说,同时并没有妨碍您一抒兴亡之痛,可以说顾全了大体和小我。您怎么办得到?

我常说,我是"半边人"。对日抗战时期,我曾经在日本军队的占领区生活,也曾在抗战的大后方生活。内战时期,我参加国民党军队,看见国民党的巅峰状态,也看见共产党的全面胜利。我做过俘虏,进过解放区。抗战时期,我受国民党的战时教育,受专制思想的洗礼。后来到台湾,在时代潮流冲刷之下,我又在民主自由的思想里解构,经过了大寒大热、大破大立。那些年，中国一再被分成两边：日本军一边，抗日军一边；国民党一边，共产党一边；传统一边，西化一边；农业社会一边，商业社会一边。我由这一边到那一边，或者由那一边到这一边。身经种种矛盾冲突，无以两全。但是我追求完整，只有居高俯瞰，统摄双方，调和对立，我对时代无私，但是对天地君亲师不能忘情，这就出现了您所说的"特色"。

您的回忆录以很多的篇幅叙说您亲历的抗战和内战，最后一册专写隔海相望、老死不相往来的台湾。这样的作品到了大陆，总会发生"画眉深浅"的问题，何况您写得很率真。繁体版换成简体版，您如何仍然保持特色？

在中国大陆出书，作者使用的语言要适合大陆的语境，这样，大陆的读者才乐意看下去。说个比方，在美国长大的孩子，说话没大没小，我们在教孩子说中文的时候，就得处处提醒他长幼有序。孟夫子入境问俗，入国问禁，违禁不能存在，违俗不能流通，这是技术问题。

这件事我完全付托给北京三联的总编辑李昕先生，据说他亲自拿捏分寸，既合规从俗，又维护原著。我想象他在"笔则笔、削则削"的时候像一个艺术家。当然，不能忘记，大陆的出版尺度是放宽了，但是门内的人愿意开门的时候，也得门外有人敲门。我想象，在那时，李总做了第一个（或者第一批）敲门的人。

您的回忆录，尤其是第三册写内战，第四册写台湾，满布掌故逸闻，继承了"野史"的传统，当代人这样写回忆录的也不多。且不论这书的整体价值，单是这些小零碎，小玩意儿，已足以众口辗转百年。您怎样得到这些材料？

你说野史，很有意思。正史从源头看历史，野史从末梢看历史，乡野看不见运筹帷幄的记录，只能借古战场废弃的兵器"磨洗认前朝"。在同时代的人中间，我的回忆录晚出，有那么多珠玉在前，我仍然得显示我的"独家"。有人说，这些回忆录不过大同小异罢了！没错，大家都经历过抗战，都经历过内战，大环境相同。但文学作品是在大同之下彰显小异，所见者异，所闻者异，所受所想所行者异，世事横看成岭，纵看成峰，仰观俯瞰又是另一面貌。人生的精彩和启发都藏在这些"小异"里，这才不会把回忆录弄成个人的流水账。

我身在历史大事的末端,写回忆录只宜写小事,但是小中可以见大,一人的故事中有万法的因缘。没受过文学训练的人大半不能发现这些小异,或者虽然掌握了一些"小材"不能"大用"。我能,所以我的文学作品得到史家赏识。有些人拿着《关山夺路》问我:你的记性怎么那样好?有人拿着《文学江湖》问我:你怎么比我们多一个心眼?我想秘密就在这里。

附记:

以华府为中心的十五位作家游纽约,傅士玲女士带领,顺道来寒舍小坐,他们的芳名是:

傅士玲　黄彦琳　贾明文　范允强　黄楚玉　杜　明英惠琦　谭焕英　谭焕芬　潘小薇　张慧玲　金庆松陈小青　祁立曼　Mr Lievens

彼此相见,免不了谈文论艺,Mr Lievens通晓中文汉语,谈吐间显示他对中国的五经和诸子都很熟悉,大家觉得分外亲切。傅士玲女士曾把这一次对话的内容写成访问记。多日后,这十五位文友中的十位,又由金庆松先生带领,再度重聚，因缘可贵，金大侠也写了访问记。

我把两次对话应对不甚周全的地方，和傅女士、金大侠不甚留意的细节，掇拾弥缝，再写成这篇记录，酬答他们各位交友的雅意。

选自《东鸣西应记》

外州作家访纽约

欢迎各位贵宾！各位从休斯敦来，从洛杉矶来，从多伦多来，从旧金山来，从新泽西来，八方风雨会纽约，这个感觉很好。我是来瞻仰风采，已经老眼昏花，三步之外认不清谁是李白，谁是杜甫，不过我往这里一站，跟各位总算见过面了，这个感觉也很好。（听众笑）

今天从外州远来的贵宾有好几位，我看到一份名单：

陈瑞琳女士（休斯敦），她爱华文，也爱华文作家，一直推广介绍华人的作品，有学术理论，也有实务经验。她选当代华文作家的文章编了一巨册《一代飞鸿》，搜罗很广泛，在纽约举行新书发表会，各地华文作家大会合。

施玮女士（洛杉矶），她提倡基督教文学，有贡献。宣道多用教条，教条产生压力，信徒在压力下屈服，现代人自主意识强，效用日减。文学使人感动，信徒受到感动，愿意对教义认同。她曾到山东省苍山县开王鼎钧作品研讨会，我特别感谢。

陈河先生（多伦多），生活经验丰富，并善用文学的态度观照和诠释。生活在外国，能在外国的土地上、外国的文化背景下产生有特色的作品。文章用中文写，人物、故事情节只有在外国才可以发生。我关起门来做"北京人"，在纽约写在北京写都一样，写北京人在纽约、纽约人在北京都一样。对他心向往之。

吕红女士（旧金山），听说过她的午夜兰桂坊，华美文艺界协会。她有组织领导的能力，文坛需要。她的杂志《红杉林》，印刷华美，撰稿者皆名家，想见人脉广，交游层次高。

施雨（新泽西，邻居），她是医生，病人中间有口碑，她是诗人，读者中间有口碑。华文作家诗人最少（刚才听说还有诗人在座，我的名单不全），他们应该得到更多的尊敬。我说过，写散文要有一门专业做底子，使作品有厚度，有新角度。别开生面，一新耳目。读医生作家施雨女士的散文，我觉得没说错，这个感觉也很好。

枫雨女士，她有一篇文章谈自杀，张纯如自杀，海明威自杀，我印象深刻。我经过乱世，看见很多人自杀，我也想过自杀，后来没自杀，因为我想研究自杀。（听众大笑）我从枫雨女士那里得到线索，知道有位法国人写了一本《自杀论》，有中文译本。我去买了一本，很厚，四百多页，我到现在没读完。（听众笑）这本书把自杀分成两种，利己的，利他的。我幸亏当年没自杀，那时如果自杀了，是利己。这条命活到现在，有了机会，还可以利他。（听众大笑）

我看到的名单是五位女士，只有一位男士，陈河先生，为我男性争光荣。（听众大笑）我对各位远来的嘉宾有零碎的印象，缺少整体的了解，因为对各位的作品读得太少，今天忽然见了面，觉得很心虚。这个感觉也不错。

选自《活到老，真好》

回忆录读者对话会综合笔记

第一部分　读者问作者

您是基督徒，这些年，常常见您在佛教的道场演讲，很少听说您在教堂演讲，这是什么缘故？

这是因为道场请我，教堂不请我。为什么不请我呢？因为我在教堂里讲出来的话要和牧师讲出来的话完全一样，我办不到。我在佛堂里讲话，可以和法师讲的话不完全一样，佛门可以包容。我在佛堂可以提到基督，在教堂里不可以提到佛陀，我们有一位朋友，在教会办的讲座里讲宋词,讲稿里头有菩萨蛮,不行,要删掉,我们请牧师吃饭,点菜不能点罗汉斋,喝茶不能喝铁观音。

您亲身经历漫长的抗日、内战,竟然还能坚持文学创作。当时您的信念是:1. 文学可以救国? 2. 文学可以为家国做到与一般政治家不一样的贡献?

不瞒您说,早期写作,我是当作一门手艺来学习的,我们那个大家庭衰落了,我需要一技之长立身。等我能够掌握技术条件以后,它由手艺上升为我的癖好,这就能够由工匠一窥艺术家的殿堂。

抗战时期想救国,救国要奉献热血,因为一切来不及;内战时期只想救家,因为其他顾不了。那时候我还是个门外的小青年,我的文学生活是到了台湾才开始的。如果文学只是谋生技术,我在台湾有机会改行,等它成了癖好,那就难解难分了。

您说开始写作是为了生活,后来生活稳定了,仍然写下去,而且至今没有停止,如何灵感永不枯竭?遇上瓶颈如何化解突破?

写作有时以技术为主，性情为副，有时以性情为主，技术为副，二者轮流使用，技术和性情都能产生灵感。有时技术和性情融合无间，那是写作最理想的状态。

至于瓶颈，有思想上的瓶颈，生活经验的瓶颈，也有技术上的瓶颈。作家要能过关，从来不曾遭遇瓶颈的作家可能是平庸的作家，在瓶颈前止步的作家可能是短命的作家。

也许我们应该说超越瓶颈，为了过关，作家要升高自己，升高的方法有读书，旅行，接近宗教，深入欣赏音乐美术，我称之为修行。这有点像运动员撑竿跳，能不能打破纪录还要看资质禀赋。

如果有一位作家，一直在专制暴政下生存，他一直反抗，他的作品也一直不能发表出版，您怎样看待这样的作家？

当然钦敬佩服。但是我并不鼓励人家做这样的作家，我担心"一直反抗"并不能产生很好的作品，一如歌功颂德不能产生很好的作品。单单一身都是胆不能产生杰作，只能博得新闻版的浮名，监狱可以提高作家的声望，未必能增加作品的艺术含金量。

作家最好在阿谀权势和仇视富贵之外另有一种心态，我称之为"入乎其内，出乎其外，超乎其上"。他不做奴才，也不必做烈士，他为艺术牺牲的方式是油尽灯干，不是断头流血。

在您的回忆录里，抗战时期，有一个国民党方面派出来的情报员，化身为基督教的传教士，到山东南部观察日本占领军的士气，他到过你们家乡的教会，劝您到大后方也就是国统区去读流亡学校，这件事影响了您的一生。您很感谢这个人，对他做过一些回报，但是您始终没有写出他的名字。为什么？时至今日还有顾忌吗？

在我的回忆录里面，有很多人没留下名字。有人于我有恩，但是再三反对我写出他的名字，我从中得到启示，天旋地转以后，两世为人，他用心述说自己的前生和今世接轨，营造了一件脆弱的工程，需要谨慎维护。你很难想象，上一代人做人是多么难，我写到他们的时候，下笔是多么慎重。

您在回忆录里提到，有一个杂志，前任主编组织了一个专题，检点台湾十年来文艺方面的成就，分成许多个题目，邀请专家执笔，就在这个时候，您去接编这个杂志。稿件纷纷寄到，其中有一篇《十年来平剧在台湾的发展》，没有提及军中的平剧活动。您把稿子寄回去，请求执笔的名教授补充，名教授又把稿子寄回来，一个字也没多写，而且也没附回信。您写到这里提出一个问题："您猜我怎么办？"文章戛然而止。您怎么办？我很想知道。

你这一问，我很不好意思，我的处理并不漂亮。那时候，谈台湾在文艺方面的发展，不能没有平剧，谈平剧的发展，不能离开军方，那时台湾全靠军方出钱出力，平剧才既能普及，又能提高。身为编辑，要顾及文章内容的周全及公平。

再说当时的大背景，杂志的后台老板是李焕，军方平剧运动的老板是王升，两人是蒋经国的左右手，但彼此并非心无芥蒂。现在你旗下的杂志，对他的成就不着一字，他对这篇文章怎样解读？身为编辑，应该知道预防。

杂志必须准时出版，要准时出版，编辑必须守住截稿线，编辑部必须在杂志出版之前多少天把这一期的文稿全部发到工厂，这条截稿线英文叫作"死线"（deadline），我必须死守。名教授把他的文章原封不动寄回来了，发稿的死线也到了,你说我怎么办!

我"悍然"在名教授的稿子里面加上几句话,大意是:十年来,军方推行平剧运动,成效卓著,那要有另外一篇专文加以论述。这几句话乍看好像是名教授自己写的,我没有征求他同意,就把稿子发下去了!

我知道,编辑不可以这样做,照我们的行规,这几句话只能附在文章末尾,而且加上"编者按",表示这是编者的意见,不是作者的意见。如果照规矩办事,等于编者彰显了名教授对军方的忽视,使军方对这位名教授产生偏见,那时候,军方还是不能得罪的。那样我也有亏职守,因为编辑的责任有一项是保护作家。

在中国大陆,有人管您叫乡愁作家,您好像不满意,为什么?您不是常写乡愁吗?

我写过乡愁,我并不是只有乡愁,我知道自己有限,但是"乡愁"仍然把我概括得太小。

何况多少人不懂乡愁,尤其不懂文学的乡愁。什么是乡愁?乡愁怎么来的?山东人有句话:"吃饱了不想家",出门在外,如果脚下坎坷,这才想念老家村前的那条小径。

"富贵不还乡，如衣锦夜行"，还乡就要大声说笑，垂下眼皮看人，哪有抱头痛哭的？那些人如此界定乡愁，如此看乡愁作品。

在文学作品里面，故乡是一个符号，代表流浪中失去的东西，写乡愁，乃是写那因"失去"而生的"情感"，这情形，有点像楚辞里面的香草美人。流亡是不断的割舍，许多美好的东西流失了，此情可待成追忆，作家把"故乡"当作符号来代表。当初，青年人接受了巴金和易卜生的暗示，奋勇出走，本来义无反顾。后来反省了，怀乡是反省的一种方式，对当初鲁莽的论断，轻率的绝诀，盲目的追逐，隐隐有忏悔之意。乡愁化为作品，那是我们成长的年轮。

读您的回忆录，总觉得您还有许多事情没有写。现在可不可以请您说几条没有写出来的逸闻掌故？

人之一生，并不是每一件事情都值得写出来给读者看，凡是值得写的，我都写了。最近编一本小品，想起小说作家南宫搏，写了他一段，现在转引在这里：

> 历史小说家南宫搏，本名马彬，浙江人。他也是诗

人，报人，历史学者，政论家，化用了很多笔名，以致有人认为他只写历史小说。他同时又是一位名士，风流韵事也不少。

他长期居住香港，涉足情报界，外务纷杂，但小说依然多产。他说他在任何情况下都可以写作：他经常参加各种大会，可以坐在会场里写小说；他经常旅行，可以坐在飞机上写小说；住院检查身体，他可以在病床上写小说。我编副刊的时候，老板请他写长篇连载，我常常担忧稿子接不上，他从未断稿。

香港社会他摸熟了，摸透了，讲吃喝玩乐的门道，他运用之妙，存乎一心。台湾那些做大官的人到了香港，都想放松一下，其中有些人是大特务，多半由他安排节目。茶余酒后，他跟那些大特务常常谈论台湾香港的文艺界，他常常告诉对方作家是一种什么样的人，专心创作的人活在另一个世界里，那不是国民党的世界，也绝不是共产党的世界。不通世故、自命清高并不等于想造反，名士狂士自古有，政治家可以包容。

有时候特务盯上了某个作家，想听一听他的意见，他总是婉言解释一番。南宫搏虽然是知名的小说家，他跟台湾文坛的关系并不好，因为他的历史小说很色情，受正统批评家排斥，他在香港又偎红倚翠，台湾的女作家也不愿意跟他交往。那些大特务都知道南宫搏是一只文学孤鸟，认为他提供的这些资讯没有私人目的，很有参考价值，以后处理相关的问题，多多少少增加了一些对那作家有利的考虑。

六十年代后期，"中国时报"余老板气势甚盛，"赢得英雄尽折腰"，特邀这匹千里马以社长名义入盟。新闻界四方豪杰一入此门低首下心，唯有南宫搏无论公私场合仍然称他"纪忠兄"。有一次报社以茶会招待副刊作家，济济一堂，有些人围着余董事长谈话，有人围着马社长谈话，好像形成两个圈子。余氏长于统驭，轻轻地叫了一声汉岳（马彬字汉岳），他可能以为马汉岳的谈话应声而断，加入他的话题，那个小圈子也就并入他的大圈子，不料南宫搏置若罔闻。这时全场肃然，只听见南宫搏一人还在讲话，余老板再叫一声汉岳，声音稍稍提高一些，南宫搏依然面对他的听众把话讲完，再转过脸接余老板发过来的球。这场景在余氏门下绝无仅有，观察者佩服南宫搏有文人风骨，也预料他在这个位子上干不长。

我写的《度有涯日记》，一九六六年七月六日，有如下一段：

"前司法行政部长"王任远去世了，我因此又翻阅了他的回忆录。书中对他早年在河北拯救流亡青年的工作只字未提，十分可惜，他后来在陕西的情报工作不能写，可以理解。他在"司法行政部长"任内与"中国时报"交恶，也就不值得一写了。

但是这件事对我很重要。他和"中国时报"一连串的摩擦中，有一项是我在小专栏中批评司法，他指示调查局逮捕我，沈之岳局长未予执行，调查局的全衔是"司法行政部调查局"，"部长"王任远是他们行政组织的上级，沈局长不遵乱命，我很感激。现在读他的回忆录，知道他最耿耿于怀的是处理周贤敏被诉"诈欺"一案，受到某些人造谣打击，他的那些敌人属于国民党CC一系，他也许从我和张道藩的渊源，推想我写的文章也是政敌阴谋的一部分，其实我跟政治的关系并未到达那个层次。

王任远居官清廉，"宦囊"中只有一千瓶洋酒，都是门生故吏送的节礼，下台以后，他家的菜金一度由老部下"卖酒"筹措。他做"司法行政部长"那六年，正是蒋经国刚猛图治的时候，他配合得很好，有"猛吏"之名。后来蒋经国以宽济猛，换戏码当然要换角色，这才是他从政治银幕上"淡出"的原因。我想他永远不会知道。

还可以补写几句：

王任远向他的某一位朋友诉说"中国时报"跟他作对，这位朋友的回应是：你当"部长"，怎么连报社里几个写文章的人都不能摆平？于是王任远改变作风，请我们吃了一顿饭。同时受邀者有副社长杨乃藩，总主笔李廉，采访组长张屏峰。后来王任远又邀我喝茶，频频释出善意，一度暗示想找我为他写一部传记，我已蓄谋出走，不敢进一步和他结缘了。

网上有人写您，说您骨子里是个"愤青"，老年妥协了。您有话要说吗？

愤青？依流行的定义，愤青激进，颠覆传统，有时言词粗俗暴烈，我从来不是。当年李敖在大学初露头角，我对他说，"看见你，我觉得自己从来没有年轻过"。我想我也许曾经是个"奋青"，肯定奋斗，歌颂在困境中奋斗。奋斗的人未必就是愤怒的人。李又宁教授曾说我一生都在"关山夺路"，夺路时也许有时血脉贲张，那时候并不适合写作。我说过，"愤怒出诗人"，诗人未必出愤怒，绝望出诗人，痛哭出诗人，诗人未必出绝望痛哭。

我写回忆的时候有些改变，说是"老了，妥协"，未免冷酷，老人应该有点进步，比较通达。"代沟"一词现在还流行吗？年轻的读友说，四册回忆录中，他喜欢《关山夺路》赤膊上阵，不喜欢《文学江湖》老谋深算。许多人认为《桃花流水杳然去》有一点进展，也有年轻的读者说"实在看不下去"。我想起清代的戴名世说过，他不喜欢杜甫入川以后的诗，他的品位也和许多人不同，一般的说法，杜甫的确"晚岁渐与诗律细"，大家把"秋兴八首"捧得很高。见仁见智，关键词是一个"老"字。我很惭愧，到现在没能越过这条无形的沟。

写作的时候孤独吗？技穷吗？思想混乱吗？

写作的时候，作家进入另一世界，在那个世界里他是主人，他不孤独。作品完成以后他可能觉得孤独，读者读他的作品，未必能跟他进入同一个世界。

作家有时技穷，有时词穷，有时健康出问题，力穷。这时候他不写作。写作的时候，应该是他洋溢饱满的时候，如同资本充足，投入商场，三军精锐，投入战场。

作家如果觉得思想混乱，他会梳理思想，然后写作。即使他描写一个思想混乱的人，他自己旁观者清。作家能"吾道一以贯之"，当然，这并非说他永远不犯错误。

第二部分　作者问读者

你喜欢书中哪个人物？

一、教你读唐诗的那位疯爷。他是个有趣的人物，很幽默，对诗有特殊的见解，身世也令人同情。你最后送他一首诗，说他"盏底风波问醒醉，梦中歌哭动阴阳"，好句！说得不够，也许你该多送他几首诗，他这人有几分侠气，使我联想到堂·吉诃德，时代凶险，我一面看书一面为他担忧。你说他流亡在外,最后投水自杀了,大江东去,他因具有某些优点而被淘汰,令人哀悼。在你写过的许多人物之中,我对这个疯爷印象最深刻,不能忘记。

二、你笔下的名记者王大空,才子加名士的混合体。他的诙谐风趣,可以脱离你的书,单独存在于世人的茶余酒后,这是另一种不朽。五十年代,台湾徘徊在民主与极权的十字路,最后走向民主,成全了他。有人说过,台湾新闻界的生态,只有名报人,没有名记者,新闻史上名垂后世的是老板。王大空之不朽,靠你在回忆录里用心写他,你在小说组修习的本事,刻画人物,在这里用上了。你说你能跟王大空共事是你的幸运,这话也可以反过来说。

三、《小说女主角会见记》里的女主角,她是你们流亡学校的国文教师,那失恋的男人写了一本小说侮辱她,她要找一个地方躲起来,正好你们在偏僻的乡村,有密密的树林,东西南北来的陌生人。我觉得她流离失所而不失雍容,像一个废后,她对人生观的见解,对白话文学的看法,在那个年代能有那样的识见,说明她是多么优秀,这是你们幸运。你没有私吞她的见解,等于为她保存凤冠霞帔,以一人之力回报良师。你在回忆录里处处表现这样的美德,又是她不幸中的大幸。

四、宪兵连的郭班长，你服勤务的顶头上司。他离乡背井，求衣锦荣归，偏偏投入宪兵，宪兵升迁最难，也根本没有机会发一笔横财，他的勤奋，他的操守，他的忠勇，都完全不能改变他的命运。他在沈阳不收家信，他在信封上批注"此人已死，原信退回"，我看到此处为之泪下。郭班长在回忆录第四册出现，我在第二册已看过你们流亡中学的兴亡，我看过觉得郭班长可以代表你那个流亡学校的全体青年。他也是年轻人，怎么能把人生看得透彻，一句话，在大家庭里，上下最瞧不起的人，是为家庭牺牲最大的人。呜呼哀哉！

在这四本书里面，你喜欢哪句话？

事情都是在是非不分、恩怨混沌中做成的，只要做成了就好，莎士比亚说，结局好的事就是好事。

纵然是台下一条虫，我们也做益虫，不做害虫。

一个人为他人编写剧本时，要想一想自己在其中担任何种角色。

铜像的姿态不因风雨而改变。

上帝作曲，演奏在人。

花不认识花农,花农认识花。

鱼不可以饵为食,花不可以瓶为家。

我的意见,你不能接受、不能同意的是?

一、对特务有同情有理解,我读后浑身不舒服。你的回忆录中有三篇"独门"奇文,写中共的战俘营,写国民党的日侨管理处,还有"与特务共舞"。你一向主张,作家说的话不能和别人完全一样,果然不一样。

二、你有一篇《拆不完的篱笆》,认为跟台湾人做朋友很难,有些抱怨,我在台湾的朋友不以为然。你怎么忽然写了这样一篇文章?台湾人也有他的情结,有他的历史包袱,有他的人际压力,跟他们做朋友要细心,对他们不要求全责备。

三、你对流亡学校的校长李仙洲将军因感念而崇拜,回忆录第二册以他为中心,为他写出"铜像的姿态不因风雨而改变"这样的句子。可是第三册又写老校长兵败被俘,无情地披露了他的无力感,你自己造的金身自己又剥掉。铜像的姿态,因你的笔墨涂抹而改变,读者的情绪低昂失衡。我认为写李校长写满了第二册,够了,第三册不必再写他了,兵败莱芜跟你没有关系了。

我做的事，哪一件你认为做错了、不应该？

一、我注意到一个现象：流亡学校由安徽迁往陕西，你脱队独行。华北解放，你由天津经青岛赴上海，也是孤身一人。你没有同伴，没有结伴的能力，不知道伴侣重要。"孤羊易遇狼"，千里走单骑很危险，你在山东半岛上步行的时候，居然还昼伏夜出。上海撤退的时候，也没个人可以商量，误打误撞，多亏了上帝保佑。

二、奇怪，你不信任当权的人。在河北，你不在乎你的单位首长，到台湾以后，一再有大人物向你招手，你居然好像有点藐视他们。一个失学青年，带着一个逃难的家庭，凭什么这样骄傲？这样做，违反生存的法则。

三、在回忆录里面，你做的决定都很正确。抗战时期，走出日军占领区，到大后方读书，当然没错。你受宪兵连长误导，放弃学业，这才离开山区，游走沿海；华北解放，你不回老家，到了台湾，你不做特务……；只有一项，你移民美国，到底是对是错，我还不能断定。

附：读者对话会致辞

我很想念各位了，今天能跟各位见面对话，靠许多人帮忙成全。华教文教中心，新来的主任黄正杰先生，他今天是我们的东道主。罗琳女士，经文处副处长陈丰裕先生的夫人，她是这一次活动的推手。她的背后是兼处长徐俪文女士，前台是总干事王燕燕女士，王总干事是侨务委员王金智先生的夫人，也是今天对话会的主持人。这么完美的一个工作团队，为社区做过许多事情，创造了很多纪录，今天我沾光了，托福了。

文学活动的主体是读者，如果读者不参加，我们都是无的放矢。今天有这么多人从四面八方赶来参加，要感谢报纸、广播电台预告了这次活动，没有媒体的照明，我们都是衣锦夜行。感谢各位来宾，各位的参加很重要，王委员王金智先生捐出许多小礼物，上头还刻了字，送给各位做纪念，我也准备送一百本书。各位读者是这一次活动的主体，我们都为了读者而存在。我写了七十年的文章，老兵不死，今天站在这里，准备做出最后的贡献。

这样的对话会我在二〇一二年举行过一次，那次由褚月梅和明建华两位女士主持，两位主持人的"粉丝"都来了，我拿出一批书来义卖，主持人说请大家买书，大家就买，我真的很感激。卖书得到的那笔钱，连成本一起都捐出去了，捐给教育和宗教团体，收入和支出都报了所得税，我也写了文章，做了交代。

这一次对话会不卖书，抽签送书，希望各位拿到了书也高兴一下，自己不看送给朋友看，还有想看书的人，就在你身边。现在邮局寄书要用空运，邮费比书贵，我能拿出这些书来，感谢侨务委员胡庆祥先生和胡夫人，他们两位常常到台北去开会，听说我要送书给各位，就跟客家同乡替我带书。俗语说礼轻人意重，这一百本书搬来搬去也不轻。他们从太平洋的那一边带过来，陈铁辉先生的夫人又一本一本把它包装起来，好像包一件贵重的礼物。

我深深觉得，办成一件事不容易，上下左右要多少人存好心、做好事，费好多力气，我感谢十方因缘。我永远记得他们的名字，我也很希望有一个地方能把他们的芳名报道出来。现在肯为华文文学做事的人太少、太难得了，希望媒体把他们举高，带动风气。

今天不是我演讲，我已经不能演讲，可以讲的都讲完了，写完了，再讲还是四十年前，我在景阳冈打死一只兔子。今采用对话会的方式，给我一个新的机会，如果我还漏了什么、忘了什么,埋在潜意识里,今天以这样的方式跟各位对话,各位也许可以把它逼出来。如果我的文章里有什么地方写错了,今天请各位纠正我。

现在我的听觉退化,特别请我的朋友陈铁辉先生坐在这里,各位说什么,由他告诉我。陈铁辉先生是著名的媒体人,用不着多介绍。他往这个地方一坐,为今天的对话会增加了分量。拜托您发问最好很简短,每一位发言的时候都想一想还有别人。还有一个辅助的办法,这是我的Email,各位可以把您要提的问题用手机传给我,如果我当场答不出来,或者当场没有时间回答,我还可以回家写信给你。上一次对话会,现场来宾提出来的问题很多,我答了不到一半,人家画廊就要下班了,今天,咱们写一个新纪录,只要问题进了我的手机,一定有答案!

我爱新书发表会

一

近来参加文学社团的活动,发现很多年轻朋友都是座上客,他们留学之余用中文写作,成绩可观,令人眼底一亮。以前,留学生来了,总是忙着投入新环境,学习新文化,总是觉得多读一本中国书,就少读了一本英文书,多结识一个中国人,就错过了一个美国人。现在怎么不同了?这背后起了什么样的变化?无论如何,我们乐见乐闻,华文作家不再是中年出国的余情余业,不再是花果飘零的残枝残红,伴随着另一些人与时俱进,一同走向他生命的升弧和顶峰，造成海外华文文学的新气象。

朋友说，这些年轻的作家都很有才气，并不接受老一辈作家的经验。我想，当然，有才气的人要走自己的路，古人称杜甫"无一句无来历"，也许不能算是赞美，天才的大志是"无一句有来历"。我曾经有机会跟有才气的人讨论写作，我的建议他都没有采纳，天才是不听话的。为什么？《论语》说"闻一以知十"，有人取个名字叫闻一多，也有人不能知十，只能知一，他取了个名字叫闻知一。闻知一天分低，闻一多天分高。闻知一，你告诉他一个选项，他只有这一个选项，就照做了，他听话。闻一多，你告诉他一个选项，他马上有十个八个选项，他没选你给他的第一个，他自己选了第五个或者第七个，看起来他不听话。

这里有很多知名的华文作家，都是闻知十，闻知八，闻知六七。他们起步早，作品丰富，遇到这样一个闻一多，也是难得的缘分，我想大家都会珍惜这个缘分，大家都会看着他，想着他，称赞他，劝告他，督促他，安慰他，多为他鼓掌。

朋友说这些年轻朋友笔下时时有新篇新章发抒新意，但产量不多。我想，有才气的人只对他没有兴趣的事懒惰。他也许对早晨起床后叠被子懒惰，对修改他的诗稿不懒惰，他可能进了百货公司懒惰，进了图书馆不懒惰。他在核对银行账单的时候懒惰，核对莎士比亚版本的时候不懒惰。希望他每天至少读一篇文章，每星期至少写一篇文章，即使颠沛造次，不管风雨阴晴。

写文章，不能逢年过节写一篇，不能儿娶女嫁才写一篇，不能等到日蚀月蚀写一篇。写作不是长周末去钓了一条鱼，不是百货公司大减价去买了一个皮包。写作是你兼了个差，天天要签到值班。写作是你信了个教，天天要打坐祷告。写作是你养了个宠物，随时想抱一抱，摸一下，看一眼，为了它早回家，晚睡觉，忘了吃饭。写作是一种痒，手痒，心痒。写作是一种瘾，就像烟瘾，酒瘾。写作教人牵肠挂肚，才下眉头，又上心头。写作是，你的生命一分一秒消失了，你不甘心。你对天地人生有发现，要给世界上的人分享。你的生命有热情，办公室里用不完，厨房里用不完，还要找一个地方用。你品位高，不去大西洋赌城，你来华文作家协会，你爱中国的语言文字，爱中国的文化，唐宋元明清，金木水火土，为你铺了一条红地毯，你要在上面走走。

写文章也要及时，灵感如鲜鱼，会变坏。写作是感于物而动，写的是心情，人的心情会变化，题材也会过期作废。你看文学史上，多少作品产生的经过，作家发烧发疯，废寝忘餐,那是为什么?因为时乎时乎不再来。青年时想写没写,中年再也写不出来,中年想写不写,老年再也写不出来。你现在不写,留着它干什么,即使那是钱,也会通货膨胀,也会贬值,钞票也会改版,新钞票淘汰旧钞票。

要写得更好,恐怕先要写得更多,多写,可以写了不发表,不出版。可以现在写,将来再出版,不要等将来要出版了,临时再写。写作应该是你的最爱,爱写作,并不妨碍你爱别的,因为爱写作,所以你博爱泛爱。你爱天地山河,爱冷暖阴晴,因为那是你还没写成的诗。你爱黑人也爱白人,爱一条腿的人也爱撑竿跳的人,因为他们都会走进你的小说。你爱每一粒灰尘,包括它的影子。你爱自己写出来的书,也爱别人写出来的书。你常常觉得很快乐。

我现在不能写了,已经失掉了那种快乐,我还可以在别人写作的时候分享他的快乐。这个世界能让我们快乐的事不多,新书发表会是我们每一个人的快乐时光,希望我们的同行朋友多多创造这种快乐。

二

新书发表会是办喜事,作家是新娘,出版社的社长是傧相。文学社团当家做主的人不止一位，他们都是文学傧相，我见过一个排场很讲究的婚礼，新郎请了十个男傧相，新娘请了十个女傧相，真是花团锦簇，美不胜收。办喜事要有来宾，要有贵宾，侨社领袖，文化长官，都从百忙之中来了。新娘要坐花轿，花轿要有人抬，好几位文学轿夫，都是无名英雄。

既然有文学新娘，有没有文学婆婆？有没有文学小姑？文学是个大家庭，三日入厨下，洗手作羹汤，未谙姑食性，先遣小姑尝。大家庭很热闹，以后口舌是非不少，但是在婚礼上新娘是焦点，是重心，一切为她存在。在这样的大礼堂里，我怎么给自己定位呢？我是个花篮，我说过，我现在是装饰品，老了，写也写不好了，还有点虚名，还有点不甘寂寞，有些场面还可以摆出来看看。花篮、鲜花，应该没有声音，花如解语还多事，是非只为多开口。各位不要怪我，有人一定要我来，还一定要我讲话，都怪他。

如果是从前的新书发表会，作者会先把书送给我，让我先看书，针对书的内容准备讲稿。现在没有人这样做，大家都是来到会场才看见书，好比来到礼堂才看见新娘。新娘出嫁，以后要为她的家庭奉献一生，作家出书，等于宣告把生命交给文学，他以后要为文学受苦，做出很多牺牲，就像新娘出嫁一样。道贺的人都来了，也都来对了，不管怎么样，我们还是恭喜，这是我们的文化。人家新书发表，你不来，你自己发表新书，怪人家不来，这叫没有文化。

参加新书发表会，书还没看，就要上台致辞，也照例有些话可以说，就像证婚人不认识新娘，也能演讲二十分钟。看人先看相，看书也先看相，这些书的书相不错，远看封面很好，近看编排大方，让人想亲近。这本书的书名《从李敖说起》，书名先吓我一跳，要看。那本诗集，题目标出《惊变》，我也是惊弓之鸟，要看。《旅美书简》，这些信都写给一个固定的对象，里面可有悄悄话？我很好奇，要看。《烟波海上》写什么？那是一个什么样的海？宦海？人海？财源似海？不会是中南海吧？要看。《我的故事我的歌》，是不是也有故事也有歌？或者歌就是故事，故事就是歌？故事要看，歌也要看。你看这本书，书名是《岁月如重》，什么意思？不懂。这么一顿挫，我对这本书有了深刻的印象，这就是缘分吧，要看。

话题可以从许多角度切入，出版社水准高，他肯出版这本书，等于向读者推荐，向读者保证，这本书值得你看。那本书的封面设计很好，吸引眼球，但是不俗气，内容怎么样，我很好奇，要看。还有一本书是某某人写序，那人从不随便给人家写序，别把序文看轻了，兰亭集序也是序，为了这篇序，也该买这本书。还有，我虽然没看他今天出版的这本书，我看过他以前出版的另一本书，那本书很精彩，这本书也当然？新书发表会不是文学研究会，不妨使用仪式语言，好比结婚典礼上说话，郎才女貌佳偶天成。当然，挺拔不可说成魁伟，小鸟依人不可说成雍容丰满，总之瘦有瘦的好处，胖有胖的好处。远适异国，异族异心，还能坚持用中文写作，一笔一画不容易，他们听到的挑剔已经太多，"一摘使瓜少，再摘使瓜稀"，还是吹些春风，留些种子。

新书发表会上，我常劝在座的文友多鼓掌，你的掌声犹如婚礼中的鞭炮，很重要，本来会场还有空位子，这一鼓掌，好像爆满了，你看一个两个三个人都在魂游天国，这一鼓掌，起死回生了。文友寻常雅聚，报纸也没给大块版面，只要你鼓掌，牛棚变殿堂。你来了，新书没看，脑子空空，不能讲话，可是两手也空空，正好拍巴掌。天生我材必有用，一个巴掌拍不响，为什么没有第三只手，因为鼓掌用不着。鼓掌也并非仅仅利人，利人的事也利己，鼓掌治百病，对你我的循环系统、消化系统、内分泌系统都有益处，甚至，医生说，常常鼓掌能培养自信，消除负面的人生观，预防忧郁症。

我常在文友的新书发表会上买书，第一版第一次印刷，有作者签名，特别有收藏的价值。有一本书是十位专栏作家的合集，我在会场中一一请他们在扉页上签了名。开会要场地，图书馆，文化中心，大楼业主捐出来的画廊，这些地方不收租金，都是作家的第一志愿。这些地方本来也不许有商业行为，但是准许作家在开新书发表会的时候卖书，意味深长。我也劝别人买书，买书像投票一样，表示你对文学的支持。出版新书的人根本不记得我买他的书，从未说过谢谢，我仍然买书，正如竞选的人从未当面感谢我投他一票，根本不知道我投他一票，我仍然投票。

有人不买书，作者会送书给他。我说，咱们来一丁点儿中华文化，票友唱戏，送票给你，你更要另外买他几张票，送给亲友。据说现代人不看书了，我发现一个小秘密，他只是不买书，阅读的欲望并未丧尽，如果你送本书给他，只送一本，让他家出现白纸黑字，他还是翻开看看，这一看后事如何，那就要看你们的缘分，也许断断续续看下去，一个月以后看到底，也许十分钟后丢进字纸篓。说句不客气的话，也要看咱们那本书写得怎么样。

有时候，新书发表会卖书是义卖，会后，作家把收入都捐出去，捐给慈善基金会，或者文学社团。有这个"义"字撑腰，我就更不客气了。"我不需要这本书"？义卖义卖，你买的是义，不需要书，你需要义。"我已经有书了"？你还没有义。在新书发表会里买书，有文化上的高度，在义卖会里买书，有道德上的高度。书房里还有许多书没有看？你我是文学人口，那很正常，就像有人鞋柜里还有皮鞋没穿过，衣橱里还有帽子没戴过，都正常。买书像买烟，咱们有这个瘾。买书像投票，咱们有这个责任。买书像上教堂进庙门掏出点儿捐献，咱们有这个信仰。买书有点儿像跟作者握手，咱们有这个情分。咱们是文学人口，有特殊的消费习惯，与其请客，不如买书，餐馆的生意分一点给书店，我们人人少一点胆固醇，多一点名山大川。与其再买一架电视机，不如添一座书架，书架上的书固然不能每本都看，电视机里的节目你能每个都收？"唉，工资还没涨呢"，买书去！生活里面有一点小小的奢侈，也很快乐。

选自《活到老，真好》

说好话

社区有心人提倡"存好心,说好话,做好事",改善社会风气,也促进人和人的关系。

做好事要有财力人力,难;说好话要有机会、有口才,也不容易。老来无事,常被各种集会请去做装饰品,主持人恤老怜贫,又常请你上台讲几句话。仪式而已,没人对你这几句话抱什么希望,但是我要对得起这满座来宾。

我致辞通常不超过三分钟,按广播电视播报新闻的速度,三分钟可以讲六百字。我事先写好讲稿,既能控制时间,也删除了颠三倒四和嗯嗯啊啊。我在这三分钟免不了客套,免不了应景,这些话是来宾随手丢弃的垃圾,但是我也一定有一两句话可以让来宾记在心中，带回家去。有人问我为什么要费这么大的劲儿，我说无他，尽心焉而已。

书画偶尔真富贵

话说这天一位画家公开展出个人的作品，当场义卖，全部收入捐给公益团体慈善事业。我去参加开幕的酒会，一路上寻找那可以让来宾记在心中带回家去的两句话，我得先有这两句话做核心，然后演绎包装。这位画家画"图画"，在创新和守成的夹缝中容身，凭我对绘画所有的一点常识，很难言之成文。等到一步踏进展览会场，有了！

我家乡有一位中了进士的尊长，诗书画都有相当的修养。他说过，升大官发大财不算富贵，能写字能画画儿才是富贵，普普通通写两个字画几笔也不算富贵，写得好画得好才是富贵。这位前辈很谦虚，他说自己"书画偶尔真富贵"。

我说，这位受社区敬重的知名之士书画二十年，专业之外另有艺术成就，今天举行个展，拿出来的都是精品，这不是偶尔富贵，这是满堂富贵，这是精神上的富贵，文化上的富贵。为什么说这是富贵呢，富是为了出尘，贵是为了脱俗，所以人都愿意富贵，不愿意贫贱，贫了就得含垢，贱了就得媚俗。可是富贵是不是真能出尘脱俗呢？出尘脱俗是一种艺术境界，金钱未必可以达到，书画可以达到，今天我们来看展览，可以印证。

我说，主办单位要我讲几句话，我站在这个位置上一看，不但四壁琳琅，而且满座衣冠。各位都是来买画的吧？这一场展览是义卖，所有的收入都捐给公益团体慈善事业，各位买画就是捐款，就是行善，富而能施，就是又富又贵。各位来宾一向热心公益，参加这次书画义卖，也是一场共同的富贵。

听了这番话，全场热烈鼓掌，当场买画的人不多。我也只是尽心焉而已。

做值得写的人，写值得做的人

在作家聚会的时候，我常常鼓吹两句话："做值得写的事，写值得做的事。"这几年我劝人写传记，把那两句话修改了一下："做值得写的人，写值得做的人。"

话说纽约华人社区的一位名人，商场得意，乐善好施，华人文坛的四大传记高手，联合起来为他写了一本传记。

新书发表会上，我说传主是一个值得写的人，作家看见这样的人都想来写他，就像雕刻家看见一块很好的大理石，很想将之变成自己的作品。现在由四大高手，四大名票，为他写出一本传记来，人以文传，文以人传，可以在广大的人群中增加十个百个"值得写的人"，这些值得写的人又做出千件万件"值得做的事"，对建造一个健全的社会大有帮助。

我说，作家笔下值得写的人，都是读者眼中值得做的人，读这样的传记，可以扩大心胸，提高境界，砥砺意志，向前向上。我们来到这个世界上，不断成长，不断学习，遇强则强，遇弱则弱，近朱者赤，近墨者黑。这个值得做的人，他是怎样做到的？别人怎样也做到？名人传记就是正面教材，至少是重要资讯。

散会后回到家中，接到一位社团领导的电话，问我那两句话怎么说。"做值得写的人，写值得做的人"，我一个字一个字说了，他一个字一个字记下来。

如果你是泥做的，教育家把你烧成瓷

台湾铭传大学校长包德明博士逝世，铭传大学的美东校友会集会悼念。校友中有很多人是内人的朋友，所以我们老两口也列席致敬。

轮到我致辞，我说包校长是教育家，想当年台湾办学不容易。包校长有影响力，那年代有影响力的人多半为自己打算，当然也有人为青年打算，为下一代打算，为家乡的发展打算，包校长是其中的一个。这是应景的话。

我又说，她选择了教育，她办了一家专科学校，她继续努力，把专科学校办成学院，再把学院办成完全的大学。她为大于微，图难于易，她日新又新，层楼更上。她奉献自己的一生，造就十万青年的一生。这是陈陈相因的颂词。

因此切入，我强调教育家的重要，争取普遍的认同。想起贾宝玉说过，男人是泥做的，女人是水做的，我想把这两句话延长，"教育家把水做的女人酿成酒，把泥做的男人烧成瓷"，当作今天的警句，继而一想，美国对性别歧视敏感，咱们别男人啊女人啊，稍加修改，以"如果你是水做的，教育家把你酿成酒；如果你是泥做的，教育家把你烧成瓷"定稿，我看见有几位来宾马上掏出手机来打字，想是把这两句话记下来。好了，下面接近尾声了，我说上帝造我，父母生我，教育家成就我，教育家是我们精神上的父母，人间的上帝，教育家是国家的祥瑞，众生中的圣贤。

这里面有我青少年时期失学的余痛，不仅是泛泛的应酬话。

一步踏进来，这里就是中国

纽约华侨文教中心成立三十周年了，我去对他说一声"生日快乐"。

单是一句"生日快乐"还不够，我是老人，老人有他该说的话，我说我搬到纽约来的时候，文教中心还没有成立，法拉盛的文教社团想找一个地方办展览，开座谈会，社团的负责人到处奔走，仰着脸跟人说话。一九八六年，华侨文教服务中心的招牌挂出来了，我特别跑去看那面招牌，看了很久，舍不得离开。有了这么一个舞台，一位又一位主任从天涯海角、四面八方来给社区服务，文教社团就有精神了，各种活动也多了，大家切磋观摩，进步很快，朋友见面的机会也多了，彼此的感情也增加了。

单是几句"想当年、到如今"还不够，我得说说跟我特别有缘的几位掌舵的人，现任的主管爱听，他希望三十年后还有人记得他，离任的主管只要还在这个侨务系统做官，也有人向他转述，他也在二十年后三十年后的今天又想起我。可是各位看官对这些人并不关心，文章是写给各位看的,这一段史话,我给各位省了。

结尾一段话相当漂亮,不看可惜,我说文教中心这个宝贵的空间好比是摇篮,让多少作家艺术家成长,它也好比是一座堡垒,在异国外邦守护我们的诗词歌赋,琴棋书画。这里的空气不一样,这里有檀香墨香;这里的光线不一样,这里有朱砂石绿;这里的声音不一样,这里有平上去入;"我们一步踏进来,这里就是中国!"对!就是最后这句话,散场以后,多少人带着它走。

文学鼓吹离散,离散发展文学

我们在英语的社会里用中文写文章,难免孤独寂寞,我曾经引用两句唐诗描述这种处境:"独坐幽篁里,弹琴复长啸。"偶然有北京上海来的作家,台湾香港来的学者,文艺社团安排一个演讲或者座谈,跟大家见见面,说说共同语言,我想起我引用的那首唐诗后面还有两句:"深林人不知,明月来相照。"专门研究美国华文文学的陈公仲教授有纽约之行,我就说,明月照到我们头上来了!因缘凑得巧,他到纽约,正是中秋节前两天,他比中秋明月早到一步。我想,他会带走我的这个比喻。

我对满座文友说，陈教授是研究美国华文文学的专家，今天在座的各位都在他的观察之下。我们常常放不下，唯恐没有人看我们的文章，其实有人看，而且是水准很高的人在看，而且是以看我们的文章为专业，陈教授就是其中一位。他们看了我们的文章之后还有称赞或者纠正，对我们很尽心。这么一来，我们就不懈怠了，就不孤独寂寞了。只要有他们这些良师益友在，海外的华文文学虽然有困境，一定能突破。这是场面上的应酬话，在应酬的场合要讲些应酬话，显得郑重也显得亲切。事实上，研究美国华文学的人不能读遍美国的华文作品，文学如海，作品如鱼，鱼在深水，研究者注视海面。等鱼冒上来才进入他的研究范围。但是这话只能在学术研讨会上讲，不能在来宾欢迎会上讲。

也不能净讲一些应酬话，那就俗了，那样对待一位专家学者，也是礼数不周。我手边有好几本陈公仲教授的著作，他有一本《离散与文学》，是一本文集，书名很吸引我。在他的演讲会上我高举他的这本书，我说我受中国文学哺养，尝过各种滋味，我觉得中国的现代文学经过三个阶段，先是"文学鼓吹离散"，后是"离散发展文学"，最后是"文学整合离散"，最后一项整合工作，陈教授一直在做，仆仆风尘，老当益壮。我认为这样既抬高了他，也没有矮化纽约的文坛，恰到好处。

散场时，纽约作家中的一位大哥大，把他手里的笔记本送到我的眼前，他说，"平时请你演讲，你总是说词穷了，其实你还有材料可讲。"他在笔记本上写的是"文学鼓吹离散，离散发展文学，文学整合离散"。很好，他把这三句话带走了。

艺术给我们超物质的经验

看张欣云居士拍摄的《朵玛艺术》纪录片，见到密宗的宗教领袖和艺术家，初识一向陌生的西藏文化。主持人要我即席一谈"宗教艺术与现代人的生活"，这个题目很好，要等有学问的人来做文章，要我说一点感想，我也有，当然我说的也许不对。

艺术给我们超物质的经验，一幅画，画布油彩都是物质，音乐演奏是空气振动，也是物质，但是我们看画听音乐，那些物质都不见了，我们有浑然一体的感觉，我们摆脱一切压力，没有任何需求，一无所有而又无所不有，我们放弃平常的思考推理，一步到位，得到最后的结果，一个没有结果的结果，不需要结果的结果。艺术的可贵就在它能够给欣赏艺术的人这种经验。

这是精神上的一大享受，现代人非常需要这种享受，可以心旷神怡，有时候也是一种治疗，可以祛病延年。在这方面欣赏宗教艺术收获丰富，因为上面说的那种经验就是宗教的境界，所谓无沾无碍，所谓本来无一物，所谓空中无色，无受想行识，无眼耳鼻舌身意，无声色香味触法，宗教家的心灵就住在那个境界里，而艺术作品又是艺术家心灵的变现，"变现"是佛家的语言，艺术家早已搬过来借用了，变现也就是心灵的物质化，无形的有形化，我们亲近他"形于外"的这一部分，可以进入他"诚于中"的那一部分。

艺术不能代替宗教，它有宗教的一部分功能，我常觉得我们占了很大的便宜，宗教家要修行一生一世，甚至修行几生几世才到那一步，我们欣赏宗教艺术的人，就这么轻而易举地分享了，当然宗教家可以长住，欣赏艺术的人只是暂时、片刻、一刹那，仍然可以说很公平。无论如何，我像感谢宗教家一样感谢艺术家，今天在纪录片上展示出来的这些作品，背后都有一个创造的人，他们的名字失传了，我用祷告感谢他们。今天记录这些作品的人，流传这些作品的人,现在就在我们眼前,我们用掌声感谢他们。

我说了这么多,似乎很难从里面摘出一两句来自己持有而抛弃其余。我知道,在这种场合,听这样的致辞,也没有人倾耳专心,只是任其遗落满地,能偶然像拾穗一样拣起几颗。也许你喜欢的是这两句,他喜欢的是那两句,都是有缘。

如果继续给我纸,我还有很多血

"中国时报"有个"开卷"版,每年向读者推介开卷好书。二〇〇九这年,我的回忆录《关山夺路》入选,同榜者还有齐邦媛、龙应台、蔡素芬、刘克襄、苏童、毕飞宇等人。

开卷好书发表之日,照例要登载得奖人的感言,我隔海致辞,也照例用"非常感谢"开头,谢谢"中国时报",谢谢开卷版,谢谢年度好书的各位评审委员。

年轻的时候,我不知道每一件事都是由种种因缘合成,而每一种因缘都难得。二〇〇九年,我八十四岁了,总该有些长进,三年后,我的家乡为我的作品举行研讨会,我就能说出"感谢天地君亲师,感谢唐宋元明清,感谢金木水火土"三句话,让参加会议的人带走。有人要我解释感谢金木水火土，我顺便把三句话都"演义"了一番：天地君亲师，小我成长的因缘；唐宋元明清，历史文化陶冶的因缘；金木水火土，人际关系相生相克的因缘。

对开卷，我紧接着升高一步，引用尼采，尼采说过，好书是用血写成的。有人被他的联想限制住了，以为像出家人刺臂取血写佛经，我给他加了几个字稀释一下，好书是"血变成墨水"写成的，为什么不说它是墨水要说它是血？这就是文学的修辞，"血"字比较醒目动心。

引用尼采是升高，离开尼采再跨出一步是扩大，我在感言里面继续说，写文章不能光有墨水，还得有纸，我们都是在纸上安身立命的，"秀才人情一张纸"，文豪的功业也是几张纸。我说我有墨水，血变成的墨水，我得感谢"中国时报"给我纸，感谢很多家报纸杂志给我纸，尔雅出版社也给我纸，大家都给我干干净净的纸，给我宽宽大大的纸，没有各位的纸，就没有我的书，即使没有好书奖，我已经非常感谢了。

我想起当年德意志的铁血宰相俾斯麦对国会说，今天那些严重的问题需要用"铁"和"血"解决，我有血（将士，热血男儿），请诸位给我"铁"（拨款买武器装备）。我在一百四十年后乘其余势鼓动文气，我说请继续给我纸，我还有很多血。好了，我想台北那些参加授奖仪式的人都想带点记忆回去，有我最后这一句话，他们不虚此行。

所有的教会都是由小变大

那天，我讲话的地方不是教会，是华文文学的读书会。爱好文学的人定期群聚，一群人热热闹闹地读书，由与书为友到以书会友，他们把喝茶、聊天、开会融合为新的形式，排除了阅读带来的孤独。读书会中人人提出读书报告，由一个人读许多书发展到许多人互相代读，在有限的时间中博览多闻。

这样的读书会本来很多，后来，慢慢地减少了，这里那里的读书会都停办了，为什么停办呢，因为参加的人数减少了。这天我出席的这个读书会需要拉抬士气，我在应该说好话的时候来到需要听好话的地方。我说奇怪啊，串门子杀时间的人不来，好座位空出来了，东拉西扯的人不来，发言的时间多出来了，这是去芜存菁啊，怎么就停办了呢！我在说好话，希望眼前这个读书会不要停办，继续延长。

那天，我说，我们要有一个观念：读书会不是群众大会，读书的人是小众，读书会是小部落，规模小，数量多，我们不是日正当中，我们是群星万点。读书是雅兴，不附流俗，读书是智举，人弃我取。读书会人数可多可少，四君子、七贤都足以传为美谈。我一看，读书会的主办人是基督徒，他爱听耶稣的话，耶稣的话都是好话，耶稣说："只要有两三个人同心祷告，我必在你们中间。"我强调所有的教会都是由小变大，读书会亦作如是观。如果那天读书会的主办人是佛门弟子，我会说，别看我们这个读书会很小，因缘不可思议，春种一粒粟，秋收万颗谷，这也是好话。

那天有图书馆的两位资深馆员在座，我趁机会说了几句好话给他们听，希望他们对读书会增加一些热情。我说读书会仰赖书店、图书馆支持，三者可以密切合作。图书馆可以是众多读书会的水库，读书会可以是图书馆的支流，支流也许在水库的下游，也许在水库的上游，读书会由读者构成，读者可以是图书馆的源头活水。这种共存共荣、相得益彰的关系，希望海外迎头赶上。

穿睡衣的时代写散文

一位新闻界的大佬，一生写新闻，下标题，撰社论，风骨峭峻，不苟言笑。他晚年忽然出版了一本散文集，《穿上母亲买给我的睡衣》,圈内人纷纷表示诧异。

这位新闻大佬当初也是文艺青年,后来以新闻为专业,文字中不见性灵和情感,想必有一番自我封杀。老年忽然回归柔美,许多文学作家倒是很兴奋,大家给他开了一个规模盛大的新书发表会,"我辈中人"云集,政界商界学界的名流也来了不少。素负盛名的批评家夏志清、诗人郑愁予、散文家潘琦君都到场致辞,我也在他们之后说了一些好话。

为这位新闻大佬的散文集说好话并不容易,他对文学的修辞方法很生疏了,所谓用意象来思考也隔膜了。好在我一向认为新书发表会不是文学论坛,我们讲话也不是去做文学批评。作家出了一本新书,就像他生了个儿子,或者盖了一幢房子,在他是一件喜事,我们是去道贺,分享他的喜悦。你去了可以不说话,要说话必定是说好话,所谓好话不仅仅是称赞他的房子好,还要增长大家的好心情,配合现场的好气氛,事后,来宾可能忘记了那本书,还可以忽然想起来你的话。

我到了新书发表会的会场,人人都说这本散文集的书名很温馨,我的好话就抓住这个书名发挥。我说大佬把一生献给新闻事业,他经历了三个时代,起初,他跟同行抢新闻，披荆斩棘，一马当先，我称之为穿猎装的时代。后来，他高升了，他管大事不管小事，他除了办公以外，还要讲学、开会、演讲、剪彩、证婚、赴宴，他得穿礼服，穿西装，我称之为穿礼服的时代。转眼又是多少年过去了！

现在，我说，我看到这本新书，《穿上母亲买给我的睡衣》，我忽然想起来，我们的新闻大佬快要进入穿睡衣的时代了，他不用再那么辛苦、那么操心了，他功成名就，以后可以云淡风轻、心无窒碍了，让别人去做英雄做圣贤，他可以做神仙了。"穿上母亲买给我的睡衣"！到了这个时候，还有高堂老太太给他买睡衣，这就连神仙都要羡慕都要感动了！我真想看一番、摸一摸这是一件什么样的睡衣，筹办新书发表会的人，为什么不把那件睡衣挂在这里！

那时，圈内传闻大佬该退休了，但是他还有些犹豫，所以，当我说他快要进入穿睡衣的时代，全场大笑鼓掌，紧接着，我说出到了这个时候还有高堂老太太给他买睡衣，全场肃然无声，我知道我应该见好就收了。

要看是什么样的碎片

"小而美"是美国七十年代兴起的观念，那时候美国企业喜欢标榜世界最大，世界最多，世界最高；办球赛，明明是美国国内的赛事，明明只有美国球队参加，冠军的奖品也叫世界杯。现在各位都看见，曼哈顿34街的Macy（梅西百货），墙上写着"世界最大的百货店"。那个观念是"大而富"。小而美对抗大而富，你大，你丰富，我小，但是我精致。

作品也有"小而美"，小船小桥小渡头，细雨临风岸，也有"大而富"，大海大舰大宇宙，云霞出海曙。小而美的作品幅度小，密度高，数量少，质量高，人力小，才气高。小饭店可口小菜，好邻居小村小镇，美好回忆小河旁边小花小草一只小手。天上一滴泪，地上一个湖，人间一口气，天上一片云。

我现在文章越写越短，有时候每一篇只有五六百字，最长也不过一千字，编成这本散文集，出版社给我取名字，叫《小而美散文》，小则小矣，美则未必。今天新书发表会，同时义卖新书，"小而美"参加了，既然义卖，所有的收入捐给公益团体，我必须说这本书很好，没有谦卑的自由。说自己的文章好，没有人能说得好，我必须冒这个险。

为什么文章越写越短呢？老人做事怕麻烦，以前登山，现在散步，散步比较容易。以前主张战争，现在主张和平，和平比较容易。以前相信科学，现在相信宗教，宗教比较容易。写长文章要搜集很多材料，支付很多感情，还得经营章法结构，太辛苦了，也没那个力气了。这时候，洗手吧，别再写了，但是"人在江湖，身不由己"，有时候还得写，那就写那么短短一段吧，文章那么短，有什么地方值得一看呢，又怎么证明你是用心写的呢？这时候，逼上梁山，你得追求小而美，这是老作家的最后一条路：小而能美，这是一条活路，小而不美，这是一条绝路。

在家乡，老人自言自语，叫作"碎碎念"，换成今天的语言，就是碎片化。大家都说碎片化不好，那也未必，拿我读过的书来说，《论语》就碎片化，泰戈尔、培根也碎片化，抗战时期，我们小青年都摸过尼采，我的印象，尼采也碎片化。我在台北那些年很苦闷，老师叫我读王阳明的《传习录》，《传习录》也碎片化。"无可奈何花落去，似曾相识燕归来"，怎么也像碎片？"两个黄鹂鸣翠柳，一行白鹭上青天。窗含西岭千秋雪，门泊东吴万里船。"怎么也像碎片？碎片化没问题，要看是什么样的碎片，你是零金碎玉，你是秦砖汉瓦，你是小数点后四位数，千分之三克拉的钻石，要用放大镜看，都有价值，有行情。

小而美，碎片化，今天大家看我的，看我寸有所长，绝处逢生。看我千锤百炼,少许胜多。看我意在言外,余音袅袅。小而美,小而美,大家来买小而美,物美价廉,开卷有益,买了是我的荣幸,不买……是你的损失。(全场大笑,鼓掌)

选自《滴青蓝》

难忘的岁月，难忘的文章

年初读到《难忘的岁月》第一集，彻夜失眠，年尾读到《难忘的岁月》第二集，又是彻夜失眠。《难忘的岁月》是国立第二十二中学流亡学生的文集，篇篇是难忘的文章。尼采说，"一切文章，余最爱以血书者"。二十二中学的老学长、老校长历尽劫波，夜深忽梦少年事，发为文章，以血书，以汗书，以泪书，以脑髓书。汗、泪、脑髓都是血的化身。二十二中学的多位学兄学姊，以西安校友会为中心，发愿编撰国立第二十二中学的校史。主其事者为孙桓，孔丁，王九龄，王廷玉，刘本基，石磊，田明，胥平，凌鹏举。又有文暖根，杜为，张务清，李之勤，宋华芳，陈嘉枢，李慧生，阚韵清，魏广瑗参与襄助。首先倡议者，听说是台湾校友李春序，隔洋响应者，则有美国西岸之高国武，美国东岸之傅维宁。三地同心，众志成城，改革开放后之美事，又添一桩。

现代著史，重视脚料。国立二十二中校史编辑委员会，向现存校友广发征稿信，鼓励人人举其所知，道其所经。委员们将各方来稿编印成册，命名《难忘的岁月》，普遍寄赠每一校友，要求就各自所知所经订正补充。《难忘的岁月》已出版两集，第三集已付印，第四集同时筹编，编委会从中比对，互补，筛选，搭配，使校史的建构有坚固的基础，丰富的材料，完整的外形。这是非常正典的做法，气魄宏大，方法正确，态度严肃，令人钦佩。现代中国，流亡学生有三个梯次：第一梯次，九一八事变发生，东北青年入关。第二梯次，七七抗战开始，沿海各省青年内迁。第三梯次，内战发生，北地青年南逃。国立二十二中是第二梯次，也就是抗战时期的流亡学校，由鲁籍名将李仙洲先生创办，收容造就流亡青年三千人，我有幸厕身行列。李仙洲可风可传，青年可泣可歌，我不忍这座学校被时间湮没，曾以个人回忆录的形式写《怒目少年》一书，描叙自己所知所经，算是留下一个侧影。现在正史即将诞生，中心十分感动，高举双手赞成，对主持及参与其事的学长们，遥致真诚的敬意。

鄙人有幸，活到今天，捧读收在《难忘的岁月》里面的"难忘的好文章"，老眼昏花，老泪纵横，老态龙钟，老兴勃发，体会它放射出多方面的意义，不知老之已至。首先，这里写的是我们读书的日子。我也曾经是"文凭无用论"的信徒，也曾经向往革命比读书更光荣的生活，但千里万里走遍，十年百年过去，无论什么制度，什么社会，就人的"市价"来说，中学毕业生优于小学毕业，高中毕业又优于初中毕业，依此类推，大学优于中学，博士优于学士。当年大家由二十二中起修，一级级修成正果，中间虽有八十一难，一旦到达彼岸，种种昨日，功不唐捐。容我擅改拜伦的名句：不要述说历史上那些光荣的名字，当我们读书的时候，就是我们骄傲的日子！

复次，那是我们受苦的日子。为什么受苦？因为战争。战争是什么？是离别，是劳碌，是疾病，是饥饿，是欺骗，是殴打，甚至是死亡。但是，战争又是什么？是忍耐，是锻炼，是担当，是觉悟，是热情，是理想。战争给我们一枚金币，以上云云，是金币的两面，有了这一面，必有那一面，失去那一面，也没有这一面。以我来说，如果没有二十二中，我不能熬过内战，也不适应初期的移民生活。"他人有心，予忖度之"，遥想各位学兄学姊，当年困守牛棚，置身干校，恐怕也得到"西迁"的加持吧。容我擅改拜伦的名句：不要述说历史上那些光荣的名字，当我们受苦的时候，就是我们骄傲的日子！

再次，"早岁那知世事艰"，一心以为可以改造社会，唤起人群，激浊扬清，去丑存美，在这方面，我们人人有志未伸。这胸中块垒，无剑可削，有酒难浇，老去编史，挥笔可写。史者，所以寓褒贬，别善恶，所以惩前毖后，廉顽立懦，此孔夫子、太史公之志业也。我辈何幸，继踵圣贤，二十二中良师益友何幸，得照汗青。容我擅改拜伦的名句：不要述说历史上那些光荣的名字，当我们修史的时候，就是我们骄傲的日子！

说到我自己，早知今日有人修史，我那本《怒目少年》，也许就不写了，即使写，也不必写成那个样子。我以自己为中心，反映二十二中的存在，好比是一粒石子激起层层浪，离中心越远越模糊，传闻异辞也越多。读《难忘的岁月》，才发现我的书中有多处错误，尤其人名地名和年月。我那本书出版后，前三年销路很好，赠送出去的书也不少，二十二中的校友多少人看过！难得只有王金昌学长指出韩庄惨案必须修改。好，我决定修改，而且要大修大改，许多事要补叙前因后缘。

我写《怒目少年》的时候，也曾尽力之所能及，周咨博访，情商校友补我之不足，赐教者隆情高谊，山东有仲蓬、张力一，黑龙江有胥平，新疆有刘宗元，甘肃有王学美，四川有郭剑青、凌鹏举、潘剑琴、李光禄、曹湘源，湖北有申淑贞、程明光，陕西有刘子豪、李方坤、靳方亮，北京有陈嘉枢，南京有陈培业，美国有袁自立、袁良、赵圣符。通信两百多封，历时两年。天翻地覆之后寻找各地校友谈何容易，全亏胥平学长首倡，各地学长一点一滴搜集，编印了同学录。

有几位校友近在眼前，我也曾登门请教，答案多半是忘了，不记得了！我很惊讶，这般刻骨铭心的经验怎会忘记？对方反问：还记那些干什么？在他，二十二中是他们婴儿时代的鞋子，是用后即丢的纸杯。还有更奇怪的人，他专记大人物，他记得李品仙的小舅子，不记得他的级任导师。李品仙和他的小舅子与我们的成长有何关系？只因李品仙是高级将领，是安徽省主席，将来也许用得着他的小舅子帮个什么忙。现在难忘的文章记难忘的岁月，执笔人写半世纪旧事历历如绘，连韩庄死难的十个同学也都能

——写出他们的姓名籍贯。他们的记性这么好，是因为他们有情，人若有情天不老。写文章读文章都是有情人的事，敬祝校史早成，供天下有情人一读为快。

《难忘的岁月》中难忘的文章，是我们的生命之酒，青春之火。是文学，是史料，还不是史书。它使我重温往事，心潮起伏，或恍然大悟，或喟然长叹，或哑然失笑，或悠然神往。往事如烟，烟已成风景，"往事如云，云已化甘霖"，往事如水，水利生万物；往事如风，风制造气候。常言道文如其人，读其文，想象其人，那些作者或豪放，或谨细，或洒脱，或谦和。或如松柏，或如修竹，或如芍药，或如芙蕖。一路读来，竟如参加了全校同学的园游会。只是我在《怒目少年》中忆念不已的同班同学李孔思，永远没有音讯！

选自《怒目少年》

今天我要笑

人世难逢开口笑，尤其是我辈，远适异国，昔人所悲。一位中国哲人问过，人生上寿不过百岁，普通只有七十八十，其间除却种种劳苦忧患，开口而笑者能有几回。这个月，我忽然想做一次小小的调查，一见我辈中人就问他最近可曾开怀大笑，他说没有。可曾见人笑哈哈而喜洋洋，回答是：忘了。开口笑？只记得在商店里见过那种炸裂了的小点心。怎么能开怀纵情大笑几声，让脸部肌肉换个操作的方向也好。那么就去看一场侯宝林吧，在制造欢乐的大企业里，他可是个洛克菲勒呢。江山代有才人出，各领笑声数百年。是夕也，夜凉如水，而麦迪逊花园中心大厅温煦如婴儿的襁褓，繁星临照，四围摩天大厦肃立。老人策杖拾级颤巍巍而来，中年人脱帽在手灰发满顶一袭铁灰色风衣飘然而来，还有少者壮者牵手挽臂亲密密而来。排排坐如梯田在山，密密如灌木林成行成丛。音响设计一流，就等着中国人来哄堂。侯宝林哪侯宝林，千呼万唤。天灯暗而复明，名角亮相。不是侯宝林，是他的同伙。台上这个角儿太喜欢喝酒了，他的酒瘾是超经济的，没有钱，也要醉。他的酒瘾是超道德的，死皮赖脸，也要喝。他的酒瘾乃是哲学的，迂回辩证，让他喝酒乃是天地间唯一的真理。高级的笑料建筑在他的逻辑上，他一下子就把我们逗笑，先是轻声，后是纵声，先是此起彼落，后是同时爆炸。我身旁坐着戒酒会的委员，他笑得前仰后合，唉，这人怎么这样喜欢喝酒，就给他喝吧。不主张戒酒了吗？哦，委员还要做下去，由他喝过这一次再戒。同台的另一位演员，他的搭档，想不给他喝也不行。几杯下肚，舌头开始打结，先是一个小结，后是一个大结，出现了妙趣横生的醉语。我们常说醉态可掬，这天晚上我想醉语才引人入胜，他说一句，我们笑一次，他说得越多，我们笑得越多。我对戒酒委员说，如果酒徒这般可爱，何必劝人戒酒？委员说，你如果愿意残忍，可以花钱买酒制造一些醉鬼当电影看。幸而有办法不必残忍,我们听相声。唉,侯宝林啊侯宝林,你的同伙已经这样出色,你怎样超越?下一场相声该侯宝林了吧,不是侯宝林,是侯的三公子。新桐乍引,春兰怒发,七分英气,三分锋芒。他的一段相声取材京剧,京剧最重传统,不能出格,出格了就是笑话。要欣赏这一个段子得懂一点儿京剧,要说好这一个段子得对京剧出色当行。在这个段子里,正和误是对照平行的,观众要先看见花旦的标准眼神如何流盼生情,再为了近视眼唱花旦喷出饭来。侯三少家学嫡传,血统道统集于一身,他念鸿鸾喜金玉奴出场的四句引子,音质之佳,音色之美,这种声音古人无以名之,谓之裂石,谓之遏云,今人依然无以名之,仍然名曰裂石,名曰遏云。听他唱了三句王宝钏,我简直得陇望蜀,想听戏了。昔人有云,说相声的有梅兰芳的才没有梅兰芳的命,意思是说如果他唱戏也可以拔尖儿,现在的相声演员不需要梅兰芳的命,他有自己的命,他和梅兰芳同命,都可以跻于艺术家之列。唉,侯宝林呀侯教授,你的公子怕是蓝更胜青了吧。然后,然后,侯宝林出来了,还好,排节目的人够意思,把他放在下半场的第一个节目,没有弄成大轴,让你多受煎熬。千头万头,人山人海,多半为了这一眼。一眼望去,老了,四十年来家国,三十万里山河。一开口，嗓子依然金声玉振，颤人心神。侯老，你成名的时候中国的戏院老板还不懂得什么叫音响，委屈了你大半辈子。麦迪逊花园中心，林肯中心，卡内基音乐院，正是为你这样的人而设。中国语言的优美和你的语言天赋，也只有在这等地方可以百分之百彰显出来，抑扬顿挫，清浊轻重，都成风格境界，清晰得像是蓝色天鹅绒上的水晶。场中不知有多少人等着笑，会心一笑做逗点，纵声大笑做句点，全体哄堂分段落。多少人等着日后说他在侯宝林台下笑过。七十岁的侯老历尽劫波，没有烟火气了，没有棱角了，语惊四座的野心，堆砌高潮的机心，全在水流天地外，山色有无中。无限恬淡，无心插柳，大智若愚，大谐若庄，自成无数风趣，会当凌绝顶，一览众山小。他娓娓潺潺地说了一个猜谜的段子，说完了，掌声不歇，又饶上一个醉汉夜归的笑话。西谚有云，所有的笑话都是长了胡子的，七十年沧桑世变，多少事出格，多少事不调和，多少人突然变小，历史是按照相声法则发展过来的吗？艺术何时才把痛哭化为长歌呢。然而我想你我他在散场走出的时候都是满足的，因为我们快快乐乐地笑了一百次，而以最后这场相声中笑得最是甘心。证明了我们童心未泯，声带未锈，笑的能力未尽失。证明了笑没有国籍，笑没有地理限制，甚至也不分阶级，所有的观众，老少穷富，左中右独，龙蛇鱼珠，都在走出大门的时候如同刚刚参加了一场喜庆盛典。

选自《白纸的传奇》

今天我要笑（第二篇）

据说人是唯一会笑的动物，可惜笑的机会不多。有一位古人说过，人生最多活一百岁，一个月里头能笑几次呢？这番话后来浓缩成七个字：一月主人笑几回。有人统计过，世界上有多少行业专门制造笑、逗人家笑，人为了买笑，一生之中要花多少钱。笑一笑，十年少。喜乐使人健康，笑是最好的营养品；喜乐使人美丽，笑是最好的化妆品。

我年轻的时候不会笑，想当初少年十五二十时，我们所受的教育告诉我们，笑是低级表情，不笑是高级表情；笑是小我的流露，不笑是大我的流露；笑是苟安逃避，不笑是牺牲奋斗；笑的时候肌肉发软，全身无力，不笑的时候意志坚强,力量集中。先天下之忧而忧嘛,匈奴未灭,有什么好笑!

那时候,学生受严厉的军事训练,你笑,官长说你嬉皮笑脸,惩罚嬉皮笑脸的办法是打。笑是一种能力,那时候,我们一度丧失了这种能力,我不会笑,要笑,十年后从头学。我还记得,有一次,当年官长召集我们训话,他说他提倡言论自由,你们对官长有什么批评,尽管说出来。有一个同学说:报告长官,你什么都好,就是脾气暴躁。官长大怒,他说暴和躁不同,暴是暴,躁是躁。我的脾气有时候有点儿躁,但是绝对不暴,你居然说我暴躁,这是公然侮辱长官。他走过去给那位同学一顿拳打脚踢。这件事大概很可笑,是吧?可是那时候我们没有一个人笑得出来。

那时候,中国青年有四尊偶像,所谓世界四大伟人:一位是美国总统罗斯福,一位是苏联领袖斯大林,一位是德国领袖希特勒,还有一位中国领袖蒋介石。他们的照片遍天下,没有一张是笑脸,他们代表当时的主流形象。

蒋介石当然不笑,至少,他不让大众看见他笑,他要作全国军民的表率。抗战胜利那年年底,政府宣传部门推出一张照片,我们看见他笑了,他穿着便装,戴着呢帽,笑容满面,我们第一次看见他的脸形是圆的。现在回想那张照片，表示他要转型，含有划时代的意义。

可惜后来他的照片又不笑了，因为他又要打仗。我听说有人一面下棋一面指挥作战，有人一面打台球一面指挥作战，有人一面读《少年维特之烦恼》一面指挥作战，没听说有人一面笑一面指挥作战。谈笑间樯橹灰飞烟灭，那是一位诗人的幻觉，事实上诸葛亮没笑，周瑜也没笑。

我们也都没笑。

一九四九年，我追随国民党到了台湾。各位都知道国民党是怎么到台湾的，那时候个个面目憔悴，肌肉僵硬。我进广播公司节目部做事情，广播节目应该是制造笑声的工厂，可是那时候不然，广播节目提供的是教条、口号、宣言、警告。那时候也常常有名人演讲，演讲里头没有笑料，货真价实，几乎没有包装，也不附带赠送什么小幽默。

我还记得，那时候有人提出来，我们的社会需要笑声，我们只能笑，不能哭，我们的戏剧家要演喜剧，不要演悲剧。可是戏剧工作者说，你这是又要马儿跑，又要马儿不吃草，又要马儿笑！那时候，生活压力大，精神的压力更大，对过去心里后悔，对未来心里恐惧，对现在充满迷惑。于是医学界有人提出警告，他说生胃溃疡的人越来越多，尤其是负重要责任的人，健康都在水准以下。他要大家放松心情。现在想想,那时候我是生了忧郁症,那时候没人知道什么是忧郁症,我相信生忧郁症的人一定比生胃溃疡的人还要多。

人是唯一会笑的动物,笑是我们的专长,笑是我们的人权,我们应该笑,我写过一篇文章,题目是:今天我要笑。我坐在这里放眼一看,看见满座来宾都笑眯眯,都喜洋洋,都非常快乐,都完全健康。现在大家都是会笑的动物,是标准的人类,是幸福的现代人。关心世界和平,但是仍然可以笑;参与国家政治,但是仍然可以笑;每星期都到养老院孤儿院做义工,但是仍然可以笑;四处奔走,为非洲生艾滋病的人募捐,但是仍然可以笑。人人笑得十分自在,十分美丽,十分大方,也十分主流。

快乐跟笑有密切关系,怎样才会觉得快乐呢?有人告诉我,快乐有三个要素:健康,存款,朋友。为什么没提儿女呢,为什么没提配偶呢,配偶、儿女,都得变成朋友才行,周作人说过,五伦只是一伦,就是朋友。为什么强调存款呢,为什么没提宗教信仰呢,是不是有五万元存款的人比那有十万元存款的人笑得更少,是不是吃牛排的人比吃炸薯条的人笑得更多,未必吧。快乐不是经济学,是哲学,不是生活条件,是生活态度,并不是因为快乐你才笑,是因为你笑你才快乐。

我在这里作个见证。

我过了二十岁还不苟言笑,同事送给我一个绰号叫鼎公,那表示我表情呆板,说话也没什么趣味。后来我在台北听到一个小故事:二次大战还没有结束的时候,美军里面有一个大兵向长官请假,理由是太太要生产,他得回家照顾。长官说,国家正在需要你,你怎么可以请假!这个大兵说,国家有一亿九千万人爱她,我的太太只有我一个人爱她。那时候,美国全国的人口是一亿九千万。我听到这个故事哈哈大笑,紧接着我蓦然想起,我没到台湾以前早就听见过这个故事,那时候我没笑,我很不喜欢那个大兵,我认为他调皮捣乱。十年以来,我把这个故事忘了,十年以后,我听见这个故事,居然笑出来。对我而言,这个故事是一个分水岭,同样一个故事,不必增加一分一毫成本,前后效果大不相同。

笑代表同意,代表包容,那个美国大兵请假,我们笑了,我们承认他有理由,我们包容了他,据说他的长官准了他的假,长官批准的时候大概也笑了吧。

我还记得,六十年代,台湾流行抽象画,有这么一个故事:台大医院的脑外科给一个病人开刀,医生把病人的大脑拿出来诊断，等到他们想把大脑放回去的时候，发现病人不见了。这可不得了，医生捧着病人的脑子到处找病人，护士担架在后面跟着，他们找遍了台大医院也没看见病人的影子。他到哪里去了？莫非回家去了？他们追到病人的家里，看见病人好好地坐在书房里。他干什么呢，他在画抽象画！当时一般大众看不懂抽象画，不知道画家脑子里装的是什么东西，大家听了这个故事都会笑，但是画家听了这个故事不笑，画家不同意，他认为问题不在画，问题在你们艺术修养太差。如果一个画家听了这个故事也笑了，他一定是超越了专业的立场，包容了看画的人。

笑也是放松。有一种比赛叫拔河，两队人马站在相反的方向拉一根绳子，都想把绳子拉过来，态度非常坚持。其中有一队人马忽然问自己：我要这根绳子做什么？大家一松手，对面那一队立刻人仰马翻。笑就是拔河的时候突然松手。

笑是包容，连别人的缺点也包容。笑是放松，释放自己，摆脱压力。所以常常笑的人心胸越来越宽大，精神越来越活泼，也就越来越健康。人生在世，不如意事常八九，不笑你怎么活！《三国演义》一开头就说：古今多少事，尽付笑谈中。也就是说我们包容了曹操，包容了孙权，也包容了刘备，我们释放了他们，也释放了自己。笑用不着花钱去买，笑是一种态度，一种哲学，笑可以自己产生，笑会自然而然涌出来，取之不尽，用之不竭。

我现在也能笑，我和别人一块儿笑的时候，我才觉得和别人是同类。今天社会鼓励你笑，欣赏你笑，跟我年轻时代的那个社会多么不同！

我到处打工，遇见一个老板，他对我说，笑口常开的人可靠，他办事我放心。有一次，同事大伙儿在老板家聚会，老板的房子很大，菜饭很坏，暖气很低，但是老板妙语如珠，大家笑声不断，听老板说笑话你怎么能不笑！有人告诉我一个故事，他说，老板说了个笑话，整个办公室哄堂大笑，只有一个人没笑。旁人悄悄问他为什么不笑，他说我用不着再笑，下星期我就辞职不干了！

可是我的老板讲笑话的时候我没笑，他说英语，我听不懂，没有反应。他知道我不懂英语，换了个办法考我，他教我用中国话说一个笑话，指定一位同事做翻译。

我接了他抛过来的球。我说，时间，晚上；地点，戏院里。戏不很精彩，好在快要演完了，只见舞台上，罗密欧在朱丽叶的客厅里，罗密欧热情，朱丽叶害羞。罗密欧说：朱丽叶，给我一个吻，我要回家了。朱丽叶说：不！罗密欧又说：朱丽叶，吻我吧，我要回家了！朱丽叶还是说：不！罗密欧不放弃，他第三次要求：我要回家了，朱丽叶，给我一个吻吧！这时候，有一个观众站起来大声喊叫：快点吻他！我们都要回家！

多亏那位同事英文棒，翻译好，老板哈哈大笑，老板一笑，大家都是他的部下，当然要笑，于是来了个满堂彩。那天晚上，老板对我很客气，第二天，办公室见面，他告诉我，他要给我加薪水。

今天的社会处处见笑脸，处处听笑声。今天我要笑，一天开门八件事，柴米油盐酱醋茶，笑！每天晚上，吾日三省吾身，今天笑了没有，笑过几次？不笑，对不起你的十二指肠。

选自《风雨阴晴》

图书在版编目(CIP)数据

云月精神:王鼎钧自选集/王鼎钧著.—北京:商务印书馆,2019
ISBN 978-7-100-17458-9

Ⅰ.①云… Ⅱ.①王… Ⅲ.①随笔—作品集—中国—当代 Ⅳ.①I267.1

中国版本图书馆CIP数据核字(2019)第085451号

权利保留,侵权必究。

云月精神:王鼎钧自选集
王鼎钧 著

商 务 印 书 馆 出 版
(北京王府井大街36号 邮政编码100710)
商 务 印 书 馆 发 行
北 京 通 州 皇 家 印 刷 厂 印 刷
ISBN 978-7-100-17458-9

2019年9月第1版　　开本787×1092　1/32
2019年9月北京第1次印刷　印张10⅛
定价:48.00元